테스

일러두기

- 이 책은 Thomas Hardy, 『*Tess of the d'Urbervilles*』(Project Gutenberg, 1994)를 참고했습니다.

Tess of the d'Urbervilles

테스

토머스 하디 지음

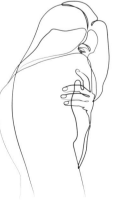

림

토머스 하디

토머스 하디의 초상 사진. 유명한 초상 사진 작가인 허버트 로즈 배러드(Herbert Rose Barraud, 1845~96)가 1889년에 찍었다. 그는 빅토리아 시대의 유명한 정치가들, 예술가들, 귀족 계급 구성원들의 캐비닛 사진을 제작했는데, 토머스 하디의 사진도 그중 하나다.

HERE·LIES·THE·HEART·OF
THOMAS·HARDY·O·M
SON·OF·THOMAS·AND·JEMIMA·HARDY

HE·WAS·BORN·AT·UPPER·BOCKHAMPTON·2·JUNE·1840
AND·DIED·AT·MAX·GATE·DORCHESTER·11·JANUARY·1928
HIS·ASHES·REST·IN·POETS·CORNER·WESTMINSTER·ABBEY

토머스 하디의 심장이 묻힌 묘

토머스 하디는 87세가 되던 해의 겨울, 갑자기 건강이 악화되어 1928년 1월 세상을 떠난다. 그의 장례는 국장으로 치러졌고, 유해는 웨스트민스터 사원의 '시인 코너'에 묻혔는데, 그의 심장만은 고인의 유지에 따라 고향에 있는 부인의 무덤 옆에 묻혔다.

『테스』 삽화

1891년 출간된 『테스』에 실린 삽화다. 소젖을 짜는 테스를 지켜보던 클레어가 그 모습이 사랑스러워 자리를 박차고 테스에게 다가가는 장면이다. 조셉 시달(Joseph Syddall)이 그렸다.

영화 〈테스〉

최초의 영화판은 1913년에 만들어진 무성 영화다. 이 사진은 그 당시 신문에 실린 〈테스〉의 한 장면이다. 이후 1979년에 로만 폴란스키 감독이 영화화하기도 했다.

테스 차례

제1부 처녀

제3부 재생

제2부 미혼모

제4부 결과

제 1 부   처녀

제1장

5월 그믐에 접어든 어느 날 저녁, 블레이크 분지 혹은 블랙 무어 분지라 불리는 곳에 있는 마롯 마을을 향해 한 중년의 사나이가 걸어가고 있었다. 한쪽 팔에 빈 달걀 바구니를 걸친 그 사내는 약간 갈지자걸음을 하고 있었다.

길을 걷던 그는 잿빛 암말에 걸터앉은 채 노래를 흥얼거리며 다가오는 나이 지긋한 목사를 만났다.

"안녕합쇼, 목사님." 바구니를 걸친 사내가 먼저 인사를 건넸다.

"안녕하신가, 존 경(卿)." 목사가 대답했다.

길을 계속 가던 사내는 고개를 갸우뚱하더니 몸을 돌려 목사에게 말했다.

"저, 목사님, 이전 장날에도 이 신작로에서 저를 보시더니 '존

경'이라고 말씀하셨습죠? 그리고 그 전에도⋯⋯."

"그랬을지도 모르지."

"보잘것없는 행상(行商)인 저, 존 더비필드에게 만나실 때마다 '경'이라는 존칭을 붙이시다니. 왜 그러시는 거지요?"

목사는 말을 몰아 존을 향해 한두 걸음 다가서더니 말했다.

"아, 그건 이곳 군(郡)의 역사를 뒤적이다가 뭔가 발견한 게 있어서 그렇다네. 나는 스택푸트 레인의 트링검 목사라네. 나는 계보학에 관심이 많아. 더비필드 자네는 정말 모르고 있는 모양이로군. 자네는 더버빌이라는 옛 기사 가문의 직계 후손이라네."

"금시초문인뎁쇼, 목사님."

"자, 어디 자네 턱을 좀 들어보게나. 옆모습 좀 볼 수 있게. 맞아, 영락없이 더버빌 가문의 코와 턱이야."

이어서 목사는 더버빌 가문의 화려한 내력에 대해 그에게 늘어놓은 뒤 이렇게 덧붙였다.

"잉글랜드 전체에서도 자네 가문에 비길 만한 가문은 찾아보기 힘들 거야."

그러자 존 더비필드, 아니 존 더버빌이 말했다.

"그런데도 저는 이 고장에서도 제일 천한 사람으로 이곳저곳 떠돌며 살아왔습지요. 하긴 저희 집안이 블랙무어로 이사

오기 전에는 좀 낫게 살았다는 말을 한두 번 듣기는 했습니다만……. 지금은 기껏해야 집에 말이 한 마리밖에 없지만 그때는 한 두어 마리 되었던 모양이다, 라고 생각했습지요. 목사님, 저희 가문 사람들은 지금 어디 살고 있는지 아시나요?"

"내가 알기론 없어. 다 몰락했어. 자네 가문 소유의 땅도 없어."

존은 한숨을 내쉬며 말했다.

"그렇다면 목사님, 저는 앞으로 어떻게 하면 좋을까요?"

"뭘 어떡해. 그저 '오호라, 용사는 쓰러졌도다!'라고 생각하며 지내는 거지. 자네 벌써 어지간히 취했구먼."

목사는 속으로 '그런 이야기를 함부로 털어놓다니 내가 좀 경솔하지 않았나?'라는 생각을 하며 말을 몰아, 가던 길을 갔다.

목사가 사라지자 더비필드는 깊은 생각에 잠겨 길을 걷다가 길가에 바구니를 놓고 앉았다. 얼마 지나지 않아 한 젊은이가 더비필드가 걸어온 방향에서 걸어오고 있었다. 더비필드는 그 젊은이를 향해 이리 오라고 손짓을 했다. 젊은이가 다가오자 그가 말했다.

"이봐라, 이 바구니를 좀 들어라. 그리고 내 심부름 좀 해라."

그의 말에 젊은이는 얼굴을 찌푸렸다.

"아니, 존 더비필드, 당신이 뭔데 나보고 바구니를 들어라, 심부름을 해라 하는 겁니까? 내 이름을 잘 알면서 '이봐라'는 또 뭡니까?"

더비필드는 길가에 핀 들국화 사이에 드러누우며 말했다.

"이놈아, 비밀이지만 말해주마. 내가 누군지 알아? 바로 존 더버빌 경이다. 내가 방금 알게 된 사실이다. 나보다 더 귀한 조상을 가진 자는 아무도 없어. 다 역사책에 나와 있는 거다."

젊은이는 누워 있는 더비필드를 아래위로 샅샅이 훑어보았다.

"너, 저 바구니를 들고 어서 마롯 마을로 가라. 가자마자 퓨어 드롭 주막에 들러서 일러둬. 럼주를 한 병 딸려 마차를 보내라고. 그런 후 우리 집으로 가서 마누라보고 빨래 같은 것 집어 치우고 나를 기다리라고 해. 내가 다 이야기해준다고……."

젊은이가 도대체 이게 무슨 영문인가 어리둥절해하자 더비필드는 호주머니에서 1실링짜리 은화 한 닢을 꺼내어 그에게 주었다.

"자, 심부름값이다."

돈을 보자 젊은이의 태도가 달라졌다.

"알았습니다, 존 경. 또 뭐 시키실 일은 없습니까요?"

"집에 가거들랑 일러둬. 저녁 찬거리로는 염소 새끼 구이를 준비하라고. 그게 없으면 소시지도 좋고, 그게 없으면 내장 요리라도 준비하라고 해.”

젊은이가 바구니를 들고 떠나려는 순간 마을 쪽에서 악대의 연주 소리가 들렸다.

그 소리를 듣고 더비필드가 말했다.

“저건 무슨 소리지? 나를 환영하는 건가?”

“저건 ‘5월의 축제’ 소리예요, 존 경. 부인회 여자들이 행진하잖아요. 경의 따님도 회원이잖아요.”

“아, 내가 중요한 일을 생각하느라 잊고 있었군. 어쨌든 빨리 가서 마차를 보내줘. 내가 마차를 타고 그 축제 시찰을 할지도 몰라.”

젊은이는 떠났고, 더비필드는 들국화 사이에 누워 마차가 오기를 기다렸다. 푸른 산기슭에 둘러싸인 이곳에서 들려오는 소리라고는 희미한 악대 소리뿐이었다.

마롯 마을은 사방이 산지로 둘러싸인 외딴 고장이었다. 런던에서 불과 네 시간이면 갈 수 있는 거리에 있었지만 사람들의 발길이 별로 닿지 않는 곳이었다. 다른 지역을 거쳐 우연히 이곳에 오게 된 나그네라면 다른 곳들과는 딴판인 시골 풍경이 갑자기 눈앞에 펼쳐지는 것을 보고 놀라기도 하고 반갑기도 할 것이다. 이곳은 들판은 늘 푸르고, 샘물이 마르지 않는 비옥한 곳이었지만 밭갈이라도 할 만한 땅은 극히 드물었고, 혹 있다 하더라도 아주 비좁았다. 마치 높은 산과 골짜기 품에 안긴 것 같은 곳이었다.

지리적으로도 그렇지만 역사상으로도 이곳은 꽤 흥미로운 것이 많았다. 이전에 이곳은 숲이 매우 울창했고, 그 숲에서는 매우 다채로운 행사들이 벌어지는 풍습이 있었다. 지금은 그 숲이 사라지면서 그 풍습들이 대부분 사라졌다. 하지만 비록 원래 모습을 알아보기 어렵게 변하긴 했어도 아직까지 간신히 그 명맥을 유지해오고 있는 풍습도 있었다. 아까 젊은이가 말한 '5월의 축제' 혹은 '5월의 댄스' 같은 것이 바로 그것이다.

'5월의 축제'는 이 마을 젊은이들에게는 아주 흥미로운 축제였다. 사람들이 행렬을 지어 거리를 행진한 다음 한곳에 모여 춤을 춘다는 것 때문에 그런 것이 아니었다. 행사에 참석하는 사람들이 모두 여자였고, 대부분이 젊은 여자라는 것이 바로 이 행사의 특색이었다.

이 축제는 지난날의 화려함은 잃었지만 축제에 참가하는 여자들은 모두 흰옷을 입음으로써 즐거운 5월을 화려하게 장식하려는 뜻을 유지하고 있었다. 여자들은 우선 둘씩 짝을 지어 마을을 행진한다. 시골의 숫처녀들은 모두들 명랑했고 행진을 하면서 즐거워했다.

행렬은 주막 옆을 돌아 큰길에 난 샛문을 통해 목적지인 목장으로 들어서려 하고 있었다. 그때 한 처녀가 옆에 있는 처녀에게 말했다.

"어머나, 저것 좀 봐! 얘, 테스야, 저기 저 마차를 타고 오는 분이 네 아버지 아니니?"

그 말에 테스라 불린 젊은 처녀는 고개를 돌렸다. 아주 아름다운 여자였다. 그녀만큼 아름답다고 할 만한 여자가 더 있을 수는 있다. 하지만 감정 표현이 잘 드러나 있는 함박꽃 같은 입, 천진하기만 한 두 눈은 그녀의 얼굴 표정과 윤곽을 한결 풍부하게 만들어주고 있었다. 게다가 그녀의 얼굴에는 어렸을 때 모습이 아직 남아 있어 그녀를 훨씬 매력적으로 만들었다. 오늘 행렬 때만 보아도 얼핏 보면 그녀는 그냥 활기찬 처녀였다. 하지만 이따금 두 뺨 위에 열두 살 때의 모습이 나타났고 혹은 아홉 살 때의 모습이 두 눈에서 반짝였으며, 입술 위에 다섯 살 때 모습이 오락가락하기도 했다. 그러나 그녀를 자주 보는 마을 사람들은 그녀가 그냥 아주 예쁘다고만 생각할 뿐, 그 이상의 매력을 발견하지는 못했다. 다만 낯선 사람들이 이곳을 찾아왔다가 우연히 그녀를 보고는 그녀의 아름다움에 넋을 잃고 평생 이런 미녀를 다시 만날 수 있을까 생각했을 뿐이었다.

그날 그녀는 머리에 빨간 리본을 매고 있어, 온통 하얀 옷 일색의 일행들 중에서 더욱 돋보였다. 그녀가 뒤를 돌아다보니 아버지 더비필드가 퓨어 드롭 주막의 마차를 타고 큰길을 올라오는 것이 보였다. 마차는 주막집 하녀가 두 팔을 걷어붙이고 몰고 있었다. 더비필드는 몸을 뒤로 젖힌 채, 기분이 좋은 듯 두 눈을 지그시 감고 마치 시를 읊듯 천천히 되뇌고 있었다.

"내게는 킹즈비어에 대궐 같은 묘소가 있도다. 기사였던 내 조상들이 그 속에 고이 잠들어 있노라."

테스만 빼놓고 모두 킥킥거렸다. 친구들이 술이 취하신 모양이라고 놀려대자 테스는 이내 목덜미까지 빨개지더니 눈물까지 글썽거렸다. 마치 개선장군이라도 되듯, 주막 하녀가 모는 마차에 몸을 실은 더비필드의 모습은 이내 보이지 않았다.

이윽고 행렬은 정해진 장소로 들어갔고 본격적인 댄스 놀이가 시작되었다. 회원들은 모두 여자였기에 처음에는 여자들끼리 춤을 추었다. 그러나 날이 저물 때쯤 되자 남자들이 모여들어 구경을 하며 함께 춤을 추고 싶어 했다. 그들 중에는 마을 남자들도 있었고, 길을 가던 여행객들도 있었다.

이 구경꾼들 중에 어깨에 작은 배낭을 멘 젊은 사나이가 셋 있었다. 차림새로 보아 상류층 젊은이들 같았다. 그들은 형제간이었다. 제일 윗 젊은이는 정식 부목사 차림이었고, 둘째는 대학생 차림이었다. 하지만 앳되어 보이는 셋째는 무슨 일을 하고 있는지 차림만으로는 짐작하기 어려웠다. 그들은 성령강림절 휴가를 이용해서 블랙무어 분지를 도보로 여행 중이었으며 동북쪽의 셰스턴 마을을 지나 서남쪽으로 가는 길이었다.

그들 중 막내가 처녀들과 춤을 추고 싶어 했다. 그는 날이 저물기 전에 길을 서둘러야 한다는 형들에게 딱 5분만 처녀들과 어울리고 뒤따라가겠다고 졸랐다. 형들은 마지못해 허락하고 먼저 길을 떠났다. 그는 용감하게 목장 잔디밭으로 들어가서 처음 눈에 띄는 처녀와 춤을 추었다. 그 모습을 본 다른 젊은이들도 너도 나도 목장 안으로 들어갔다. 그리고 모든 처녀들이 짝을 찾아 쌍쌍이 춤을 추었다.

그때 교회당 종소리가 울렸다. 청년은 형들과의 약속을 깜빡했다는 생각에 서둘러 그곳을 떠나려고 했다. 순간, 그의 눈이 테스 더비필드의 눈과 마주쳤다. 마치 춤 상대로 자기를 택하지 않은 것을 원망하는 것 같은 눈빛이었다. 그도 미처 그녀를 알아보지 못한 것을 서운하게 여기며 섭섭한 마음으로 그곳을 떠났다. 그는 형들이 기다리고 있을 곳을 향해 달려가면서 이름이나 알아두었으면 좋았을 것이라고 생각했다. 그처럼 아름답고 얌전하며, 표정이 풍부한 처녀는 본 적이 없었던 것이다. 하지만 이제는 도리가 없었다. 젊은이는 총총걸음으로 걸어가면서 그런 생각을 머리에서 지워버리려고 애썼다.

제2장

테스는 어두워질 때까지 그곳에 남아 남자들과 춤을 추었다. 그러나 아쉬운 듯 그곳을 떠나던 젊은이 모습이 그녀의 뇌리에서 쉽게 지워지지 않았다. 그는 이곳 젊은이들과 뭔가 달랐다. 이들보다 더 멋진 말을 할 것 같았으며 예의도 있을 것 같았다. 하지만 이미 가버렸으니 도리가 없었다. 그녀는 아쉬운 대로 춤을 청하는 남자들과 춤을 추었다. 젊은 사내들은 저마다 테스의 상대가 되려고 옥신각신했다. 테스는 그들과 번갈아 춤을 추었지만 그저 춤을 즐길 뿐 별다른 감정은 없었다. 그녀는 아직 사랑이 어떤 건지 모르는 순결한 처녀였을 뿐이었다. 그녀가 사라진 젊은이를 아쉬워한 것도 특별한 사랑의 감정을 느껴서는 아니었다. 다만 이곳에 남아 있는 남자들과는 뭔가 다른 남자라는 생각에 아쉬웠을 뿐이었다.

그날 테스는 다른 처녀들보다는 일찍 집으로 돌아왔다. 이상한 모습을 보이던 아버지가 문득 생각나 걱정이 되었기 때문이었다.

집으로 돌아오니 테스가 밖으로 나갈 때와 마찬가지로 어머니는 말 그대로 어린아이들에게 파묻혀 있었고, 통 속에 가득 든 빨랫감에 매달려 있었다. 어머니는 노래를 흥얼거리며 한쪽 발로는 아이의 요람을 흔들고 나머지 한 발로는 빨래들을 짓이기고 있었다.

테스가 말했다.

"어머니, 제가 대신 요람을 흔들게요. 아니면 얼른 옷을 갈아입고 빨래 짜는 거 도와드릴까요?"

그런데 어머니는 아주 즐거운 표정이었다. 하긴 평소에도 테스가 일을 거들어주지 않는다고 싫은 기색을 보이거나 테스를 꾸짖어본 적이 없긴 했다. 하지만 그날 어머니 얼굴 표정에는 마치 넋을 잃은 것 같은, 황홀해하는 것 같은 기색이 깃들어 있었다.

어머니가 테스를 보자 말했다.

"테스니? 잘 돌아왔다. 아버지를 모셔 와야 할 텐데……. 애야, 그 전에 오늘 무슨 일이 있었는지 들어볼래?"

"오늘 아버지가 마차를 타시고 뽐내며 오시던데, 무슨 좋은 일이 있는 건가요? 나는 부끄러워서 땅속으로라도 들어가고 싶었는데……."

"맞아, 바로 그 일이야. 글쎄, 우리가 이 고장에서도 손꼽히는 명문 가문이란다. 아득한 옛날부터 대를 이어온 귀족 가문이고, 공을 세운 기사들도 많다는 거야. 우리 집안 진짜 성은 더비필드가 아니라 더버빌이란다. 아버지가 마차를 타고 돌아오신 것도 그 때문이지 술이 취해서가 아니야."

"어머니가 기뻐하시니 저도 기뻐요. 그렇지만 그렇다고 무슨 좋은 일이 생길까요?"

"있다 뿐이냐! 굉장한 일들이 생길 거야. 이 이야기가 알려지면 우리와 같은 귀족들이 뻔질나게 우리 집에 드나들게 될 거야."

"그런데 아버지는 지금 어디 계세요?"

"반 시간 전에 롤리버 주막으로 가셨어. 내일 꿀벌 통을 가지고 멀리까지 가실 일이 있으니 기운 좀 내셔야 한다면서. 거리가 멀어서 새벽 일찍 떠나셔야 할 텐데……."

테스는 기가 막혔다. 기운을 내기 위해 술을 마시러 가시다니!

"아니, 어머니는 그걸 가만히 보고만 계셨어요? 제가 얼른 가서 모시고 오겠어요."

"안 돼. 내가 갈게. 네가 가면 소용이 없을 거다."

주막으로 주책없는 남편을 찾으러 가는 일은, 자식들을 키우느라 부대끼는 더비필드 부인에게는 몇 안 되는 낙 중의 하나였다. 주막 안에서 남편을 찾아내 그 곁에 한 시간 정도 앉아 있으면, 잠시나마 자식들에 대한 온갖 근심 걱정을 잊고 행복할 수 있었기 때문이었다.

어머니는 집안일을 테스에게 맡기고 주막을 향해 집을 나섰다. 동생들과 집에 남은 테스는 어린아이들을 일찍 잠자리에 들게 한 다음, 아홉 살이 넘은 남동생 에이브러햄과 열두 살의 여동생 엘리자 루이자와 함께 낮에 햇빛에 말린 속옷가지들에 물을 뿜어 촉촉하게 적셨다. 테스와 바로 아래 여동생과는 네 살 터울이었다. 둘 사이에 있던 두 명의 동생이 일찍 죽었기 때문이었다. 그래서 동생들과 함께 있으면 테스는 자연스럽게 어머니 역할을 했다. 에이브러햄 아래로는 호프와 모테스티라는 두 명의 여자아이가 있었고, 그 아래로는 세 살짜리 사내애와 첫돌을 갓 넘긴 젖먹이가 있었다.

이 어린 테스의 동생들은 더비필드라는 배에 자신도 모르게 올라탄 승객과도 같았다. 그들의 즐거움이나 괴로움, 심지어 그들의 생명까지도 모두 더비필드 부부의 손에 달려 있었다. 만일 더비필드 부부가 가난과 불행과 굶주림과 질병과 타락 쪽으로 항로를 잡는다면 그 배의 갑판 아래 갇혀 있는 여섯 명의 포로들은 어쩔 수 없이 그 운명을 함께 할 수밖에 없었다. 아무 힘도 없는 이 여섯 아이들에게 더비필드라는 형편없는 집안에서 살고 싶으냐고 물어본 사람은 아무도 없었다.

밤이 깊어갔지만 아버지와 어머니는 돌아오지 않았다. 테스는 아무래도 자기가 가봐야 하겠다며 아이들을 재운 후 밖으로 나가 어둡고 좁고 구불구불한 골목길을 내려가기 시작했다.

테스가 롤리버 주막으로 들어가 보니 아버지와 어머니는 다른 술꾼들과 함께 아직 그곳에 있었다. 테스의 까만 눈동자에 나무라는 빛이 나타나기 전에 아버지와 어머니는 황급히 자리에서 일어나 남은 술을 입에 털어 넣었다. 테스와 어머니는 각자 아버지의 양팔을 부축하고 주막에서 나왔다. 더비필드는 술을 많이 마시지는 않았지만 워낙 약골이어서 밖으로 나오자 비틀거렸다. 그리고 마치 노래 부르듯 "킹즈비어에 우리 집 묘소가 있다네!"라고 흥얼거리기 시작했다.

"제발 좀 조용히 해요. 세상에 훌륭한 가문이 어디 당신 집안만 있는 줄 알아요?"

"하긴, 당신 집안에서 왕과 왕비가 나왔는지도 모르지. 당신 성품을 보면 정말 그럴 거야."

테스는 머나먼 집안 이야기보다는 당장 눈앞의 일이 급했다. 그녀가 말했다.

"암만 해도 아버지가 내일 새벽같이 벌통을 갖고 출발하시기는 힘들 거 같아요."

"나, 말이냐? 한두 시간이면 괜찮아질 거다."

온 가족이 잠자리에 든 것은 밤 11시였다. 캐스터브릿지의 소매상에게 벌통을 제때 넘기려면 아무리 늦어도 새벽 2시에는 출발해야 했다. 40킬로미터 가까이 되는 거리인 데다가, 말이고 짐마차고 천천히 갈 수밖에 없는 험한 길이었기 때문이었다.

새벽 1시 반에 더비필드 부인이 테스와 동생들이 잠자고 있는 방으로 들어왔다.

"아무래도 아버지는 못 가실 것 같아. 얘, 테스야. 너랑 어제 춤추던 남자들 중 한 명에게 부탁하면 안 될까?"

"어머니도, 참! 그런 말씀 마세요. 창피하게! 제가 갈 수 있어요. 에이브러햄만 같이 따라가주면 돼요."

어머니는 결국 테스의 의견에 찬성했다. 모녀는 방 한구석에서 세상모르고 자고 있던 에이브러햄을 깨워 옷을 입히는 데 성공했다. 셋은 초롱불을 켜고 마구간으로 갔다. 당장에라도 부서질 것만 같은 작은 짐마차에는 이미 짐이 실려 있었다. 테스는 짐마차처럼 비실거리는 말 프린스를 끌어내 마차에 맸다. 날이 새려면 아직 먼 이른 시각에 오누이는 마차를 타고 출발했다.

이런저런 이야기를 주절주절하던 에이브러햄은 얼마 지나지 않아 꾸벅꾸벅 졸더니 잠에 빠져들었다.

테스는 옆을 스쳐가는 밤 풍경을 바라보며 이런저런 생각에 잠겼다. 프린스는 워낙 기운이 없는 말이라 천천히 마차를 몰았기에 별로 신경 쓸 것도 없었다. 테스에게는 아버지가 자기 가문이 뛰어난 귀족이라며 자랑하던 것이 허망해 보였다. 그런다고 뭐가 달라지나? 귀족들이 우리 집을 거들떠보기나 할 것인가? 그냥 가난뱅이 집일 뿐인데…….

그때 갑자기 테스가 앉아 있던 자리가 덜컥거리는 바람에 그녀는 잠에서 깨어났다. 그녀는 깜빡 잠이 들었던 것이다. 마차는 멈춰 있었고 앞에서 생전 들어본 적이 없는 신음 소리가 들리고 있었다. 그녀는 깜짝 놀라 마차에서 뛰어내렸다. 그러자 끔찍스런 광경이 그녀를 기다리고 있었다. 아버지의 애마 프린스가 길에 쓰러져 신음 소리를 내고 있었던 것이다. 우편 마차가 오솔길을 쏜살같이 달리다가 불도 없이 느릿느릿 길을 가고 있던 테스의 마차를 들이받은 것이다.

우편 마차의 뾰족한 멍에 끝이 가엾게도 프린스의 가슴을 칼처럼 찔러버렸고, 상처에서 피가 철철 넘쳐흐르고 있었다. 우편 마차의 마부도 혼비백산해서 마차에서 내렸다. 그는 테스와 함께 프린스의 몸뚱이에서 마구를 풀었다. 하지만 프린스는 이미 숨을 거둔 뒤였다. 우편 마차의 마부는 하는 수 없다는 듯 테스에게 말했다.

"처녀가 말을 잘못 몰았어. 나는 우편물들을 가지고 서둘러 가봐야 해. 처녀는 여기서 기다리는 수밖에 없겠군. 되도록 빨리 도와줄 사람을 보내줄게. 날이 곧 밝을 테니 별로 무서울 일도 없을 거야."

말을 마친 그는 급히 마차에 오르더니 황황히 길을 떠나버렸다. 그 자리에 남은 테스는 기가 막혔다. 테스는 뻣뻣하게 나자빠져 있는 프린스를 바라보며 울부짖었다.

"모두 내가 저지른 짓이야. 아아, 이제 아버지와 어머니는 어떻게 살아나가신단 말이야!"

그녀는 에이브러햄을 흔들어 깨웠다.

"에이브, 큰일 났어. 프린스가 죽었어. 이제 집에 갈 수도 없게 됐어."

부스스 잠에서 깨어난 에이브러햄은 사태를 깨닫자 노인처럼 얼굴에 주름을 잡았다. 하지만 눈물만 흘릴 뿐 할 수 있는 게 아무것도 없었다. 남매는 그저 묵묵히 기다리고만 있을 뿐이었다. 한없이 오랜 시간이 흐른 것 같았다.

그때였다. 뭔가가 다가오는 소리가 들렸다. 우편 마차 마부가 약속을 지켰고, 근처 농가의 머슴 하나가 말을 몰고 온 것이었다. 그와 테스는 그 말을 프린스 대신 마차에 매고 짐을 무사히 캐스트브릿지로 옮길 수 있었다.

그날 저녁 빈 짐마차를 타고 테스와 에이브러햄은 사고가 난 곳을 지났다. 프린스는 여전히 길바닥에 나동그래져 있었다. 머슴과 테스는 죽은 말을 마차에 싣고 마롯 마을로 돌아왔다.

사정을 알게 된 부모님은 테스를 전혀 탓하지 않았다. 하지만 그 사건은 다른 집에서 벌어진 일이라면 별 것 아닌 일일 수도 있었지만 이 집안의 경우에는 곧 집안의 파멸을 뜻했다. 그런데도 원래 데면데면한 이 집안사람들은 그 사건을 별로 뼈아프게 느끼지도 않았다. 부모님은 스스로 자신을 책망하는 테스를 향해 조금도 화를 내지 않았다.

이튿날 식구들은 프린스를 땅에 묻었다. 밥벌이를 해주던 일꾼을 영영 잃고 말았으니 남은 식구들은 어찌 될 것인가? 더비필드가 프린스 무덤에 흙을 덮기 시작하자 테스는 마치 자신이 프린스를 죽인 살해자인 양 느껴져 파랗게 질려 있었다. 에이브러햄은 흐느껴 울었지만 그녀는 눈물조차 나오지 않았다.

제3장

더비필드는 주로 말에 의지해 행상을 해왔기에 집안은 당장에 파탄이 나고 말았다. 당장 굶어죽을 지경은 아닐지라도 고생문이 눈앞에 훤하게 열린 셈이었다. 솔직히 말하면 더비필드는 이 고장에서 게으름뱅이로 통했다. 게다가 기력도 딸리니, 일거리가 생겼을 때 요행히도 일할 기력이 남아 있기는 쉽지 않았다. 테스는 테스대로 자신 때문에 곤궁에 빠진 집안 살림이 걱정이었다.

그러던 어느 날이었다. 어머니가 테스에게 말했다.

"좋은 일과 나쁜 일은 번갈아 일어나는 법이란다. 훌륭한 네 집안 혈통도 아주 때맞춰 알게 된 셈 아니겠니. 일이 이렇게 된 이상 아무래도 난 네 일가를 찾아봐야겠다. 체이스 숲 근처에 더버빌이란 성을 가진 부자 마나님이 살고 있다고 하더구나. 우리 일가가 분명해. 아무래도 네가 그 집에 가서 일가라고 하면서 우리 집을 좀 도와달라고 해야겠다."

사실 더비필드 부인 입에서 그 이야기가 처음 나온 것이 아니었다. 테스가 없는 동안 더비필드 부부는 이미 그 이야기를 나누었었다.

테스가 당장 대꾸했다.

"난 싫어요. 그런 분이 계시더라도 그냥 친하게 지내면 되지, 도와달라는 건 싫어요."

"꼭 도와달라고 하라는 게 아니야. 네가 그분 마음에 들면 우리가 모르는 무슨 수가 생길지 알게 뭐니? 내가 다 들은 게 있어서 이러는 거야."

테스는 혼자 고집을 부릴 수 없었다. 자기 때문에 집안에 불행이 닥친 게 너무 가슴이 너무 아팠기 때문이었다. 하지만 가난한 집안을 도와달라는 일에 나선다는 게 영 자존심이 상하긴 했다. 하지만 어머니 생각은 달랐다.

'그 집에 장성한 아들이 있다고 했어. 테스가 저렇게 예쁘니 잘만 하면……'

어머니는 마음속으로 그 집 아들과 테스가 맺어지기를 바라고 있었던 것이다.

다음 날 테스는 산마루에 있는 셰스턴이라는 마을까지 걸어
가서 1주일에 두 번씩 체이스버러까지 가는 짐마차를 이용하
기로 했다. 그 마차는 도중에 더버빌 마나님이 살고 있는 트란
트릿지 근처를 지나갔다.

잊지 못할 그날 아침, 그날은 테스가 자신에게 세상의 전부
였던 마롯 마을 분지를 처음 떠나는 날이었다. 그녀는 어렸을
때부터 이곳에서 늘 귀염을 받았다. 그녀는 차차 나이를 먹으
면서 집안 형편을 알게 되자, 집안일을 돌보기 시작했다. 형편
이 어려운 데도 동생들을 자꾸 낳는 어머니가 원망스럽기도 했
지만 그녀는 동생들을 아주 다정스럽게 대해주었다. 그뿐 아니
었다. 이웃 농장에 가서 건초 만드는 일, 곡식 거두는 일을 도왔
고, 소젖 짜는 일도 도왔다. 아버지가 오래전에 젖소를 가지고
있을 때 잠깐 배운 일이었지만 그녀는 손재주가 워낙 좋아서
아주 능숙하게 소젖을 짤 줄 알았다.

테스는 트란트릿지 크로스에 도착해 짐마차에서 내렸다. 그
리고 말로만 들은 저택을 향해 언덕을 올라갔다. 맨 처음 그녀
의 눈에 띈 것은 문지기 집이었다. 문지기 집도 만만치 않게 커
서 테스는 그 집이 본채인 줄만 알았다. 하지만 샛문을 통해 안

으로 조금 들어가자 주홍빛의 본채가 나타났다. 저택 뒤로는 초록빛의 체이스 숲이 펼쳐져 있었다.

저택 안의 모든 것은 화려했다. 심지어 몇 에이커나 되는 온실이 경사지를 따라 숲까지 뻗어 있었다. 이곳의 모든 것들은 조폐장에서 갓 찍어낸 돈처럼 보였다. 마구간까지도 최신식 기구들로 장식되어 있는 것이 마치 교회의 분회 같았다.

아무 생각 없이 길을 걸어왔던 테스는 한동안 멍하니 서 있었다. 그녀는 순진하게도 속으로 이렇게 생각했다.

'우리 가문은 아주 오래된 가문이라고 했는데 이 집은 완전히 새 거네.'

이 모든 것은 자칭 얼마 전 작고한 스토크 더버빌이라는 사람의 소유지였다. 트링검 목사가 휘청거리는 걸음걸이의 존 더비필드가 이 고장의 유일한 더버빌 생존자라고 말한 것은 틀린 말이 아니었다. 스토크 더버빌은 더버빌 가문의 후손이 아니었다. 목사도 그런 사실을 잘 알고 있었으니만큼 더비필드에게 그런 이야기를 해주는 편이 옳았을지도 모른다.

최근에 세상을 떠난 사이먼 스토크 노인은 잉글랜드 북부에서 장사를 해서 큰돈을 벌었다. 일설에 의하면 그가 고리대금업을 했다는 소문도 있다. 한 재산을 모은 그는 가능한 한 자신의 본거지인 북부를 떠나 남부로 와서 정착해 살기로 결심했다. 그는 자신이 과거에 약삭빠른 장사꾼이었다는 사실을 숨길 수 있는 멋진 이름을 찾기로 결심했다.

그는 이전에 명성이 화려했으나 이제 대가 끊긴 명문 가문의 이름들을 샅샅이 조사해본 결과 더버빌이란 이름이 가장 멋지다고 생각했다. 그리고 밋밋한 자신의 이름 뒤에 더버빌이라는 이름을 덧붙였던 것이다.

그들 가문이 이렇게 제멋대로 만들어진 것임을 불행히도 테스는 물론 그녀의 부모도 알 리가 없었다. 그들로서는 그렇게 남의 가문의 성(姓)을 자신의 성에 덧붙일 수 있다는 것은 상상하기조차 힘든 일이었다. 가문이라는 것은 자연의 섭리대로 이루어지는 것이지 사람들이 마음대로 좌지우지할 수 있다고는 생각할 수 없었다.

테스는 물가에서 물에 뛰어들까, 그만둘까 망설이는 자세로 그곳에 서 있었다. 그때였다. 잔디밭에 쳐져 있던 천막의 문이 열리더니 한 사내가 나타났다. 키가 후리후리한 사나이는 시가를 입에 물고 있었다. 얼굴은 가무잡잡한 편이었으며 불그레한 입술은 어딘가 투박했고, 그 위로는 공들여 가꾼 콧수염이 나 있었다. 나이는 스물서넛쯤 돼 보였다. 어딘가 천한 티가 풍겼지만 그런대로 신사다운 얼굴이었고, 대담하게 두리번거리는 두 눈에는 야릇한 힘이 들어 있었다.

"예쁜 아가씨, 무슨 볼일이시지요?"

테스가 여전히 어리둥절한 표정을 하고 있자 그가 계속해서 말을 이었다.

"뭐 겁낼 것 없어요. 난 더버빌입니다. 나를 보러 오신 겁니까, 아니면 어머니를 보러 오신 겁니까?"

테스가 대답했다.

"어머님을 뵈러 왔어요."

"아마 뵐 수 없을 것 같습니다. 지금 좀 편찮으시거든요."

엉터리 가문의 현재 주인이 대답했다. 그는 작고한 스토크 노인의 아들인 알렉 더버빌이었다. 테스가 말없이 서 있자 그가 말했다.

"내가 대신해선 안 될 일인가요? 무슨 용무로 어머니를 뵙겠다는 거지요?"

테스는 머뭇거릴 수밖에 없었다.

"글쎄요, 그게 좀…… 말씀드리기가…….'

"괜찮아요. 어서 말해봐요."

"저, 저…… 제 어머니가 가보라고 하셨어요. 저희 집하고 댁

집하고 친척이라는 걸 알려드리라고……."

"오호라, 가난한 우리 집안사람이라 이거지? 그럼, 스토크 집안인가요?"

"아뇨, 더버빌 집안……. 저희 집안이 일가들 중에서 가장 오래된 집안이에요. 문장이 새겨진 숟가락도 있어요. 어머니는 제가 당신과 알고 지내길 바라세요. 최근에는 불행히 말도 잃어버렸고……."

테스의 말에 알렉이 그녀를 빤히 바라보았다. 그녀의 얼굴이 붉어졌다.

"그러니까 이렇게 예쁜 아가씨가 우리들과 친하게 지내려고 온 거라 이거로군. 그래 어디 사는 아가씬가? 무슨 일을 하시는가?"

테스는 알렉의 말투에 기분이 상했다. 그녀는 간단히 자기 신상에 대해 이야기한 후, 아까 타고 온 짐마차 편으로 돌아갈 예정이라고 말했다. 그러자 그가 말했다.

"돌아가는 거야, 아가씨 마음대로지. 하지만 그 마차가 돌아오려면 아직 한참 남았는데……. 자, 나와 함께 산책 좀 하지 않겠소? 어쨌든 내 사촌뻘이니."

테스는 한시라도 빨리 그와 헤어지고 싶은 마음뿐이었지만 그가 하도 조르는 바람에 그의 제안을 받아들였다.

사내는 테스를 잔디밭과 화단, 온실로 안내한 후 과수원으로 데려갔다. 그는 딸기를 따서 꼭지를 잡고 테스의 입술을 향해 내밀었다. 테스는 손으로 입을 막으며 고개를 가로저었다. 그러자 그가 "괜히 왜 그러시나?"라고 말하며 막무가내로 딸기를 그녀 입으로 밀어 넣으려 했고 테스는 할 수 없이 입을 벌려 받아먹었다. 그는 딸기를 따서 바구니에 담아 테스에게 주었다.

그날 테스는 하릴없이 그와 거닐며 몇 시간을 보냈다. 사내는 장미꽃을 따서 그녀의 가슴에 달아주기도 했고, 잔디밭의 천막으로 데려가더니 점심을 대접하기도 했다. 사내는 담배를 피우며 그녀가 식사하는 모습을 지켜보며 생각했다.

'으흠, 나이보다 성숙해 보여. 게다가 정말 예쁘게 생겼군.'

테스는 식사를 끝내자 이제 가봐야겠다며 자리에서 일어났다.

그러자 그가 말했다.

"이름이 테스 더비필드라고 했지요? 말이 죽었다고 했던가? 내가 어머니께 잘 말해보겠소. 어머니가 당신에게 좋은 일자리를 마련해주실 거야. 그리고 더버빌이니 뭐니 하는 이야기는 집어치워요. 당신은 더비필드야."

둘은 함께 문지기의 집을 지나 차도에 이르렀다. 사나이는 마치 무슨 할 말이라도 있는 듯이 그녀를 향해 얼굴을 기울였다가, 생각을 돌린 듯 다시 고개를 돌렸다. 그는 그녀를 길가 차도에 내버려둔 채 다시 집 안 천막으로 돌아가 의자에 앉더니 잠시 생각에 잠겼다. 얼마 후 그는 큰 소리로 웃음을 터뜨리며 혼잣말을 했다.

"거 참, 별 재미있는 일이 다 있군. 암튼 정말 예쁜 계집애야!"

테스가 마차를 타고 집으로 돌아가자 어머니가 반색을 하며 딸을 반겼다.

"그래, 내 딸, 정말 잘했다. 내가 이렇게 될 줄 다 알고 있었다."

테스는 어안이 벙벙했다. 잘했다니, 이렇게 될 줄 알았다니, 이게 도대체 무슨 소리지?

"어머니, 그게 무슨 소리예요?"

"편지가 왔단다."

편지가? 벌써? 우편배달 마차는 짐마차보다 훨씬 빨랐기에 테스가 돌아오는 동안에 편지가 배달된 것이었다. 그런데 무슨 편지가?

어머니가 계속 말했다.

"더버빌 마나님이 취미로 양계장을 가지고 계신다는구나. 애완용 닭들을 키우고 계신 거지. 네가 그 양계장을 돌봐줬으면 한다는 거야. 네가 처음부터 분에 넘치는 욕심을 갖지 않게 하려고 그런 일자리를 준 걸 거야. 암튼 너를 일가로 삼겠다는 생각에 틀림없어."

"하지만 마님은 못 만났는데요."

"누구 딴 사람은 만났을 거 아니니?"

"그 집 아드님을 만났어요."

"그래, 너를 일가로 대접해주더냐?"

"절 사촌뻘이라고는 했어요."

그러자 어머니가 아버지에게 외쳤다.

"여보, 글쎄, 그 집 도련님이 애를 사촌 동생이라고 했대요. 그래, 그분이 어머니에게 말한 게 틀림없어."

그러자 테스가 말했다.

"어머니, 거기 안 가면 안 되겠어요? 어머니, 아버지랑 그냥 여기서 지내고 싶어요."

"그게 무슨 소리냐? 도대체 왜?"

"이유요? 실은 나도 잘 모르겠어요. 그냥 왠지……."

어머니는 실망한 표정이었지만 더 이상 강요하지 않았다. 이후 1주일 동안 테스는 가까운 이웃 마을에 일자리라도 없을까 찾아다녔다. 그러나 일자리는 쉽게 구해지지 않았다. 그녀는 여름 한철에 열심히 일을 해서 말이라도 한 마리 살 만한 돈을 마련할 작정이었다.

그러던 어느 날이었다. 테스는 일자리를 구하러 나갔다가 맥없이 돌아왔다. 그런데 테스가 문턱을 넘기도 전에 여동생이 뛰어나오며 소리쳤다.

"언니, 신사분이 오셨었어."

어머니가 만면에 희색을 띤 채 자초지종을 말해주었다.

더버빌 마나님 아들이 우연히 마롯 마을 근처에 올 일이 있었기에 테스의 집에 들렀다는 것이었다. 지금 양계장 돌보는 젊은이가 영 시원치 않아서 테스가 와줄 건지 아닌지 확실히 알아보기 위해서였단다.

"글쎄, 얘야, 자기가 보기에는 네가 너무 착해 보인다는 거야. 너한테 홀딱 반한 모습이더라."

테스는 자기 자신을 정말 보잘것없는 존재로 생각하고 있었다. 그런데 자신이 남에게 그렇게 잘 보였다는 말을 듣고 잠시나마 진심으로 기뻤다. 자신한테 홀딱 반한 것 같다는 어머니 말씀이 좀 꺼림직하기는 했지만 정말 자신을 원한다면 가겠다고 어머니에게 말했다. 그러자 어머니는 금세 환상에 사로잡혔다.

"그래, 잘 생각했다. 너같이 예쁜 애는 이번 일로 운수 대통일 거야."

테스가 쓴웃음을 지으며 말했다.

"어머니, 품삯이나 제대로 받을 수 있으면 좋겠어요. 어머니도 그런 실없는 생각하지 마시고, 그런 소리 동네에 퍼뜨리고 다니지 마세요."

어머니는 대답하지 않았다. 가만히 입을 다물고 있을 자신이 영 없었기 때문이었다. 아버지는 딸이 집을 떠난다는 게 탐탁하지 않아 떨떠름한 표정이었지만 어쨌든 결정은 났다.

테스는 언제고 필요한 날 떠날 수 있도록 채비를 해놓겠다고 더버빌가에 편지를 보냈다. 곧 답장이 왔다. 더버빌 마나님이 테스의 결정에 대단히 기뻐하고 계신다, 내일 모레 분지 꼭대기로 짐마차를 보내겠다는 내용이었다.

마침내 테스는 그렇게 자신의 운명을 결정했다. 그리고 마음을 진정시켰다. '그래, 열심히 일을 해서 아버지에게 말을 한 마리 마련해드리는 거야.'

그녀는 학교 선생님이 되고 싶었다. 하지만 운명이 이렇게 그녀에게 다른 길을 마련해놓고 있었던 것이다. 그녀는 어머니가 소망하는 자신의 혼인에 대해서는 단 한순간도 생각해본 적이 없었다. 오로지 그녀의 경솔한 어머니만이 그녀가 태어났을 때부터 마땅한 짝이 없는지 열심히 찾아왔을 뿐이었다.

제4장

테스는 아버지와 동생들 등, 가족들과 작별한 후 짐마차가 기다리고 있을 언덕을 향했다. 어머니와 에이브러햄은 언덕 아래까지 따라와 먼발치에서 테스를 바라보고 있었다.

멀리서 보니 테스가 짐마차를 향해 가는 모습이 보였다. 그런데 테스가 짐마차에 닿기도 전에 다른 마차 하나가 숲으로부터 쏜살같이 달려 나와 테스 앞에 섰다. 마차는 짐마차와는 비교도 되지 않을 정도로 호사스러웠고, 스물서넛은 되어 보이는 젊은이가 마차를 몰고 있었다. 바로 얼마 전에 더비필드의 집을 찾아왔던 젊은이라는 것을 멀리서도 알 수 있었다. 더비필드 마누라는 기뻐서 손뼉을 쳤다. 저 광경이 무엇을 의미하는지 그녀는 금방 알 수 있을 것 같았다.

멀리서, 망설이는 모습으로 마차 앞에 서 있는 테스의 모습이 보였다. 마차 주인이 그녀에게 뭐라고 말을 걸고 있었다. 하지만 테스는 쉽게 마차에 오르지 않았다.

정말로 테스는 망설이고 있었다. 하지만 그것은 망설임 이상이었다. 그녀는 뭔지 알 수 없는 불안감을 느꼈다. 그녀는 차라리 초라한 짐마차가 좋았다. 그녀는 고개를 돌려 저 아래 가족들을 바라보았다. 무언가가 그녀의 결단을 재촉하는 것 같았다. 아마 자신이 프린스를 죽였다는 죄책감이었을 것이다. 계속 망설이던 그녀는 결심이 선 듯 마차에 올랐다. 짐마차 마부가 내려와서 그녀의 짐을 마차에 실었다.

알렉 더버빌은 마차를 아주 사납게 몰았다. 천생 겁이라고는 모르던 테스도 프린스가 죽은 이후로는 마차에 타기만 하면 겁부터 났다. 그런데 마차가 사납게 흔들리며 막 달려 나가자 그녀는 불안해졌다.

어느 정도 달리자 이윽고 내리막길이 나타났다. 알렉은 마차 속력을 조금도 줄이지 않았다. 테스가 좀 천천히 갈 수 없느냐고 말하자 알렉이 대답했다.

"생긴 것답지 않게 뭐 그렇게 겁을 내시나? 그런데 그러고 싶어도 못 해요. 저 말이란 놈이 워낙 성질이 고약하고 급한 놈이라서 말을 잘 안 듣는단 말씀이야. 저놈은 사람을 죽이기도 한 놈이야.”

마차는 쏜살같이 언덕을 내려갔다. 자존심이 강한 테스는 무서워하는 기색을 보이지 않으려 애썼지만 자신도 모르게 더버빌의 고삐 쥔 팔을 잡고 말았다. 그러자 그가 소리쳤다.

“고삐 쥔 팔을 잡으면 어떡해! 둘 다 내동댕이쳐지려고 그러나! 허리를 붙잡아요.”

테스는 그의 허리를 붙잡았다. 그 자세로 그들은 언덕 아래에 도달했다. 테스가 자신도 모르게 한숨을 내쉬며 말했다.

“어휴, 살았다. 고마워요. 그런데 왜 그렇게 미련하게 말을 몰아요?”

“무슨 쓸데없는 소리. 내가 침착했기에 이 정도인 거지. 그건 그렇고 좀 안전해졌다고 팔을 허리에서 그렇게 싹 뺄 건 없잖아.”

테스는 얼굴이 빨개졌다. 이제까지 그녀는 자신이 어떤 행동을 했는지 조금도 의식하지 못했다. 정신없이 그에게 매달리긴 했지만 그가 사내인지 여자인지 혹은 목석인지 전혀 생각도 하지 않았었다. 테스는 아무 말도 없이, 될 수 있는 대로 그에게서 몸을 멀리 한 채 새침하게 앉아 있었다.

그러자 그가 말했다.

"아니, 누가 잡아먹을까봐 그러나? 고마우면 입이라도 맞추게 해주든지."

그사이 마차가 다시 언덕에 올랐다. 알렉은 다시 사납게 내리막길을 내려가기 시작했다. 테스는 사내로부터 몸을 멀리 한 채 마차에서 떨어지지 않으려고 안간힘을 썼다. 그러자 그가 말했다.

"그 뺨에 입 맞추게 해달라니까! 그럼 멈출 테니……"

그녀는 무서움에 떨며 그를 사납게 쏘아보았다.

"제발 이러지 말아요!"

"안 되겠는데, 아가씨. 입을 맞추어야만 하겠어."

"아, 어떡하나! 좋아요, 상관없어요."

가엾은 테스는 숨을 헐떡이며 말했다. 그러자 알렉이 말고삐를 당겨 속도를 늦추더니 그녀 뺨에 입을 맞추었다. 키스가 끝나기 무섭게 테스는 손수건을 꺼내 사내의 입술이 닿았던 뺨을 닦았다.

그 모습을 보고 알렉은 속으로 생각했다.

'시골 가난뱅이 계집치고는 어지간히 까다롭군.'

테스의 그 까다로운 태도가 그의 정열을 더욱 불타오르게 했음은 물론이다.

　얼마 지나지 않아 마차는 더버빌 저택에 도착했다. 오른쪽 한편에 테스의 일터인 양계장과 시골집들이 보였다.

　이제 테스는 가금들을 돌보는 관리인이요, 간호부요, 의사요, 친구로서 일하게 되었다. 가금들은 이전에 정원이었던 곳에 세워져 있는 낡은 집들을 자신들의 우리 삼아 지내고 있었다.

　나이가 들어 눈이 잘 보이지 않는 더버빌 부인은 매일 자신이 애지중지하는 닭들을 몇 마리씩 차례대로 가져오게 한 후, 그 닭을 손으로 더듬으며 건강 상태를 체크했다. 그녀는 손끝만으로도 어느 닭인지 분간할 줄 알았으며 깃털 하나가 빠졌거나 몸이 더러워져도 금방 알아낼 수 있었다. 모이 주머니를 만져보고는 무엇을 먹었는지, 모자라게 먹었는지 혹은 과식했는지도 알 수 있었다. 그렇게 닭을 쓰다듬고 검사하는 모습을 바라보며 테스는 흡사 교회에서 벌어지는 견신례 같다는 생각을 했다. 더버빌 마님은 사제이고 닭들은 신자 같았다.

　알렉 더버빌은 그녀에게 친절하게 대했고, 그녀가 어려운 일에 부딪히면 도와주기도 했다. 게다가 이 젊은이는 그녀에게 익살맞은 농담도 자주 던졌으며 단둘이 있게 되면 농담조로 사촌 동생이라고 부르기도 했다. 테스는 그에게 어느 정도 친밀감을 느꼈고 그에게 처음에 품었던 혐오감이 어느 정도 가셨다. 하지만 그를 향한 그녀의 감정은 그 이상도 그 이하도 아니었다. 그냥 전보다는 다소곳하게 그를 대할 수 있게 된 것이었고, 또 그래야만 했다. 그녀는 더버빌 마님에게 의지해서 이곳에서 지내야 할 처지였다. 하지만 마님은 전혀 도움이 되지 않았고, 그녀가 의지할 사람이라고는 알렉밖에 없었기 때문이었다.

그렇게 어느 정도 세월이 흘렀다. 이곳 트란트릿지 사람들은 상당히 향락적이었다. 이들은 절약해서 돈을 모으기보다는 흥겹게 놀면서 돈을 쓰는 걸 좋아했다. 마을 사람들은 토요일이면 마을로부터 3~4킬로미터 떨어져 있는 체이스버러 읍내로 가서 신나게 먹고 마시며 놀고 이튿날 새벽 1~2시쯤 돌아오곤 했다. 일종의 향락행사였다. 그 행사는 매주 빠지지 않고 있었으며 젊은 남자, 여자는 거의 모두 그 행사에 함께 했다.

테스는 처음에는 그 행사에 참석하지 않았다. 하지만 그사이에 서로 알고 지내게 된 또래 처녀들이 하도 간곡하게 청하는 바람에 응낙했다. 그리고 일단 한번 와보니 생각보다 즐거웠다. 1주일 내내 갑갑한 양계장 일을 보면서 생긴 스트레스가 확 풀렸다. 그래서 그녀는 종종 다른 처녀들과 함께 그곳에 가게 되었다. 원래 아름답고 매력적인 데다, 이제 제법 성숙한 처녀티를 풍기기 시작한 테스는 체이스버러의 길거리에서 빈둥거리는 뭇 사내들의 시선을 한 몸에 받았다. 테스는 낮에는 혼자 읍내로 나가기도 했지만 밤에 늦게 집으로 돌아올 때면 혼자 돌아오는 것이 무서워 늘 친구들을 찾아 함께 돌아왔다.

9월의 어느 토요일이었다. 그날은 장날과 명절이 겹친 날이었다. 체이스버러에 나온 젊은이들은 평소보다 두 배로 즐기려 했다. 밤 9시가 넘었는데도 아무도 돌아갈 기색이 없었다. 테스는 몹시 피곤했다. 그녀는 마을 친구들이 들어앉아 있는 술집 모퉁이에서 그들이 나오길 기다리고 있었다.

그때였다. 등 뒤에서 발소리가 들렸다. 그녀가 고개를 돌리니 시가를 입에 문 알렉의 모습이 보였다. 그가 그녀에게 손가락질로 가까이 오라고 하자 그녀는 마지못해 다가갔다.

"우리 예쁜이 아니신가? 이 늦은 밤중에 여기서 뭘 하고 계신가?"

"밤길이 낯설어서 길동무할 친구들을 기다리고 있어요. 너무 오래 기다려서 이젠 더 이상 기다릴 수 없을 것 같아요." 테스는 무심코 솔직히 대답했다.

그러자 그가 말했다.

"기다릴 것 없어. 저기 플라우드 드 루스 주막으로 와요. 오늘 나는 말을 타고 왔지만 마차를 빌려달라고 할 테니 나하고 함께 돌아가지."

테스는 귀가 솔깃했다. 그러나 아무리 생각해도 그가 못 미더웠다.

"제가 여기서 기다린다고 했어요. 모두들 제가 여기서 기다리는 줄 알 거예요."

"이런, 바보 같으니! 좋도록 해!"

알렉은 시가를 입에 문 채 그곳을 떠났다.

11시 15분쯤 되었을 때 그제야 너무 늦었다는 것을 알고 마을 사람들이 주섬주섬 짐을 챙겨 나왔다. 그들은 서넛씩 가까운 사람끼리 짝을 지어 길을 떠났다. 밤길을 4~5킬로미터 가까이 걸어가야만 했다. 테스는 술에 취해 비틀거리는 몇몇 남자와 여자들과 동행했다. 그들 중, 사람들이 스페이드의 여왕이라 부르는 카 다치가 앞장서서 걸었다. 카 다치는 최근까지도 알렉 더버빌의 애인이었다. 그녀는 이런저런 잡화들이 담긴 바구니를 머리에 이고 있었다.

그때였다. 일행 중 한 여자가 카를 보고 말했다.

"어머나! 네 등 뒤로 흘러내리는 게 뭐니?"

모두들 카 다치 쪽을 바라보았다. 머리 뒤통수로부터 허리 밑까지 무언가 줄줄 흘러내려 흡사 중국 사람들의 변발 같은 모양을 이루고 있었다. 하지만 그것은 머리채가 아니라 시럽이었다. 단 것을 무척 좋아하는 그녀의 할머니를 위해 시럽을 사서 그릇에 넣었는데 그만 그릇이 깨져서 흘러내린 것이었다.

그 모습을 보고 모두들 웃음을 터뜨렸다. 얼굴이 빨개진 카는 풀밭으로 뛰어들어 그 위에 몸을 눕히더니 몸을 굴려 등에 붙은 것을 닦아내려 했다. 그 모습이 더욱 우스워 모두들 깔깔거렸다. 그때까지 잠자코 있던 우리의 여주인공도 기어이 참지 못하고 웃음을 터뜨렸다. 취기에 젖지 않은 그녀의 낭랑한 웃음소리가 다른 일꾼들의 웃음소리에 섞여서 들리자 그렇지 않아도 연적에 대해 증오심을 품고 있던 카가 폭발했다.

"잘도 나를 비웃는구나, 이 못된 년!"

"모두들 웃는 바람에 나도 참을 수가 없었어."

테스는 여전히 킥킥거리며 사과를 했다.

"네년, 아주 잘난 척하고 있지. 요즘 그분이 널 좋아한다면서! 네까짓 것, 내가 당장 요절낼 수 있어. 어디 맛 좀 볼래!"

카는 조끼를 벗어던지더니 두 주먹을 불끈 쥐고 테스에게 덤벼들 태세를 취했다. 테스는 당황하지 않고 침착하게 말했다.

"난 너랑 싸우기 싫어. 네가 그런 사람인 줄 알았다면 이런 천한 사람들하고는 애당초 어울리지 않았을 거야."

다른 사람들까지 비난하는 테스의 그 말은 일종의 도화선이 되었다. 모두들 얼큰하게 취한 상태였기에 여자들은 일제히 테스에게 욕지거리를 하기 시작했다. 평상시에 품고 있던 질투심이 폭발한 것이다. 개중에는 싸움을 말리려는 남자들도 있었지만 도리어 싸움에 부채질을 한 꼴이 되고 말았다.

테스는 억울하기도 했고 창피하기도 했다. 그녀는 어서 이곳에서 벗어나고 싶은 생각밖에 없었다. 늦은 시각에 혼자 돌아가야 한다는 두려움도 없었다. 지금이야 저렇게들 흥분하고 있지만 대부분의 여자들은 하루만 지나면 자기가 한 짓을 후회하리라는 것을 테스는 잘 알고 있었다. 우선은 여기서 벗어나는 게 급선무였다.

테스는 조금씩 뒤로 물러섰다. 그때였다. 큰길가에 세워져 있는 가로수 울타리 뒤에서 말을 탄 사나이 한 명이 소리도 없이 나타났다. 알렉 더버빌이었다. 그는 일행을 휘둘러보며 말했다.

"아니, 왜 이렇게 야단법석을 떨고 있는 거요?"

아무도 자초지종을 말하는 사람이 없었다. 사실 알렉은 그런 걸 알고 싶지도 않았다. 그는 좀 뒤떨어져 그들을 따라오다가

시끄러운 소리가 들려 슬며시 그쪽으로 말을 몰았던 것인데, 그들이 떠드는 소리를 듣고 잘되었다며 그들 앞에 나타난 것이다.

그는 홀로 떨어져 있는 테스에게 가서 말했다.

"자, 내 뒤에 올라타."

다른 때였으면 절대로 그의 말을 따를 테스가 아니었다. 하지만 상황이 상황인지라 테스는 될 대로 되라는 심정으로 사나이의 발등을 딛고 안장 위로 기어올라 그의 등 뒤에 앉았다. 이어서 테스를 등에 태운 말은 어둠 속으로 사라졌다.

그 모습을 보고 카가 깔깔거리며 웃었다. 그러자 옆에 있던 나이 많은 여자가 말했다.

"잘하는 짓이로군. 프라이팬이 뜨겁다고 그걸 피해 불속으로 뛰어드는 꼴이야."

알렉은 얼마 동안 아무 말 없이 어둠 속에서 말을 몰았다. 사내의 등에 꼭 매달린 테스는 곤경에서 빠져나왔다는 안도감과 함께 뭔가 불안감을 느꼈다. 그가 그동안 여러 번 그녀에게 치근거린 적이 있었고 그때마다 테스는 번번이 화를 내곤 했다. 그런데 이렇게 그가 모는 말을 함께 타고 가다니.

테스는 이루 말할 수 없이 피곤했다. 그 주일만 해도 새벽

5시에 일어나 온종일 서서 일을 했다. 게다가 그날은 체이스버러까지 걸어간 데다, 마음 졸이며 사람들이 어서 출발하기를 기다리느라 음식도 제대로 먹지 못했다. 그뿐인가? 2킬로미터를 걸어온 데다 그런 난리를 겪었으니 그야말로 녹초가 된 기분이었다. 벌써 새벽 1시가 가까웠다. 테스는 너무 피곤해서 깜빡 잠이 들어 알렉의 등에 머리를 기댔다.

더버빌은 말을 세우고 등자에서 발을 빼더니 안장 위에서 몸을 돌려 앉았다. 그러고는 테스를 부축하듯이 그녀의 허리에 두 팔을 감았다. 순간 테스가 잠에서 깨어나 그를 밀쳐냈다. 알렉은 말에서 떨어질 뻔하다가 겨우 중심을 잡았다.

"너무 매정하군 그래. 무슨 딴마음이 있었던 게 아니라고. 떨어질까봐 부축해준 것뿐인데……. 위급한 곳에서 구해준 사람에게 너무하는 거 아냐?"

"죄송해요. 용서해주세요."

"용서 못 해주겠어. 날 믿는다는 표시를 해주지 않으면……. 도대체 너 같은 계집에게 이렇게 창피를 당해도 된다는 거야, 뭐야? 내 꼴이 이게 뭐야? 근 석 달 동안 나를 요리조리 피하기나 하면서 욕보이다니! 이제 더는 참을 수가 없어!"

테스가 말했다.

"정 그러시다면 저는 내일 떠나겠어요."

"안 돼! 못 떠나! 자, 한 번만 더 부탁하겠어. 날 믿고 내 팔에 안겨달란 말이야. 여긴 너와 나 단둘뿐이야. 내가 당신을 사랑한다는 걸 알고 있잖아. 내가 당신을 이 세상에서 제일 예쁘다고 생각한다는 것도 알고 있잖아. 내 애인이 되면 안 되겠어?"

"아, 정말 모르겠어요. 제가 어떻게 당신 애인이 될 수 있단 말이에요?"

하지만 사나이는 결국 테스를 품에 안았다. 테스는 될 대로 되라는 기분으로 더 이상 저항하지도 못했다. 그때 테스가 이곳이 큰길이 아니라 작은 오솔길인 것을 알고 그에게서 몸을 떼며 말했다.

"그런데 여기가 도대체 어디예요?"

사실은 알렉도 자기가 지금 어디 있는지 알지 못했다. 그냥 체이스 숲이라는 것만 알 뿐 길을 알고 말을 몬 것이 아니었다.

"나도 몰라."

"그럼 저를 말에서 내려주세요. 걸어서 가겠어요."

"정말 고집불통이로군. 사실 트란트릿지에서 꽤 멀리 떨어진 곳이야. 체이스 숲. 길을 잃기 십상이야. 게다가 안개가 점점 짙어지면 숲속에서 몇 시간을 헤매야 할걸. 좋아, 소원대로 해주겠어. 하지만 당신을 이리로 데려온 게 나니까, 내게는 당신을 무사히 보내줄 의무가 있어. 나도 여기가 어딘지 잘 모르겠으니까, 큰길로 가려면 어떻게 해야 하는지 보고 올게. 그동안 말 옆에 꼼짝 말고 앉아 있어."

알렉은 말을 나뭇가지에 맨 후, 낙엽을 긁어모아 테스가 앉을 만한 곳을 만들어주었다. 알렉은 두서너 걸음 걸어가더니 되돌아와서 말했다.

"내가 소식을 들었는데, 당신 아버지가 오늘 말 한 필을 장만했대. 누가 준 거라고 하더군."

"누가요? 당신이에요?"

알렉이 고개를 끄덕였다.

"정말 감사해요."

테스는 하필 이런 순간에 그에게 고맙다는 말을 해야 한다는 게 가슴이 쓰렸다. 그가 다시 말을 이었다.

"그리고 애들도 장난감을 받았다더군."

"전 정말 몰랐어요. 아아, 차라리 아무것도 안 보내주셨으면 좋았을 것……."

"무슨 소리야? 동생들을 사랑하지 않는단 말이야?"

테스는 대답하지 않았다. 알렉이 자신을 차지하기 위해 그런 짓을 했다는 생각이 들자 가슴이 미어지는 것 같았다. 그녀의 눈가로 한 줄기 눈물이 흐르더니 테스는 왈칵 울음을 터뜨렸다.

"이런 젠장, 울기는 왜 우는 거야? 여기 앉아서 내가 돌아올 때까지 기다려."

그는 그녀가 몸을 파르르 떠는 것을 보자 자신이 입고 있던 얇은 외투를 벗어 그녀의 어깨에 걸쳐주었다. 그러고는 안개 속으로 뛰어나갔다.

알렉은 자기들이 있는 곳이 어디인지 알아보려고 언덕으로 올라갔다. 그는 테스와 즐거운 시간을 갖겠다는 욕심으로, 자기 등 뒤에 느껴지는 테스의 몸에만 정신이 팔려 아무 데로나 말을 몰았던 것이었다.

언덕 위로 올라가 사방을 살펴보니 대충 어디인지 알 것 같았다. 그는 다시 떠났던 곳으로 되돌아왔다. 캄캄해서 앞이 잘 안 보이는 가운데 뭔가가 발에 걸렸다. 그가 테스에게 걸쳐준 외투 자락이었다. 그는 "테스" 하고 불러보았다. 그러나 아무런 대답이 없었다. 사방은 칠흑같이 어두웠다. 아무것도 보이지 않았다. 그때였다. 발밑에서 쌔근거리는 숨소리가 들려왔다. 알렉은 무릎을 꿇고 몸을 굽혔다. 그의 볼에 테스의 입김이 느껴졌다. 테스는 세상모르고 잠들어 있었던 것이다.

어둠과 정적이 사방에 깃들어 있었다. 머리 위로는 까마득한 옛날부터 이곳 체이스 숲에서 자라고 있던 떡갈나무가 드높이 솟아 있었고, 그 가지 위에서는 날이 밝기를 기다리며 산새들이 단잠을 자고 있었다. 두 사람 가까이에서는 토끼들이 귀를 쫑긋 세우고 뛰어다니고 있었다.

이 순간 '오오, 도대체 테스의 몸을 고이 지켜줄 수호신은 어디로 갔는가? 테스가 천진난만하게 믿고 있는 하느님은 무얼 하고 계신가?'라고 묻고 싶어지는 사람이 있을지도 모른다. 아마 하느님도 피곤해서 잠이 들었거나 어디 먼 곳으로 여행을 떠났는지도 모른다.

엷은 비단결처럼 섬세하고, 새하얀 눈처럼 순결한 이 어여쁜 처녀의 몸에 하필 그런 추잡한 무늬가 찍히다니! 오, 이건 도대체 무슨 팔자란 말인가! 어찌하여 이런 추잡한 녀석이 이렇게 아름다운 여인을 차지하고, 악한 자가 착한 여인을 소유하게 된단 말인가! 누가 그 이유를 속 시원히 밝혀줄 수 있단 말인가?

저 산간벽지 테스의 이웃들이 늘 말하듯이 '그냥 그렇게 되기 마련'이었는지도 모르겠다. 트란트릿지 양계장에서 자신의 운명을 스스로 개척해 나가겠다고 씩씩하게 집을 나섰던 한 아름다운 처녀가, 이제 완전히 다른 여자가 되어버린 것이다.

제
2
부

미
혼
모

제1장

10월 그믐께 어느 날 아침이었다. 테스 더비필드가 트란트 릿지에 도착한 지 네 달 정도 지난 뒤였고, 오밤중에 꼬임에 빠져 체이스 숲으로 들어갔던 날로부터도 몇 주일이 지난 뒤였다. 테스가 무거운 바구니와 짐 보따리를 들고, 언덕을 낑낑대며 오르고 있었다.

그녀가 고개 마루에 올라 숨을 돌리고 있는데 뒤에서 뽀얀 먼지가 일었다. 마차가 달려오고 있었고 한 사나이가 마차를 몰고 있었다. 얼마 후 마차가 테스 옆으로 왔다.

"아니, 무엇 때문에 이렇게 몰래 빠져나가는 거야? 더구나 모두들 잠자고 있는 주일 날 아침에……. 아무도 당신이 집에 가겠다는 걸 막지는 않아. 그런데 그 무거운 짐을 들고 낑낑대면서 무슨 짓이야? 나도 우연히 알고 이렇게 부리나케 쫓아온 거야. 정말 안 돌아갈 거야?"

"안 돌아가겠어요."

"그럼 그 바구니나 여기 올려놔. 내가 바래다줄게."

테스는 바구니와 짐 보따리를 마차에 올려놓고 마차에 올라 알렉 옆에 앉았다. 그를 더 이상 꺼리지 않게 된 것, 바로 거기에 테스의 비애가 있었다. 더버빌은 시가에 불을 붙인 후 무미건조한 이야기를 나누며 마차를 몰았다. 초여름에 이 길을 달렸을 때 테스의 입술을 뺏기 위해 덤볐던 일은 다 잊은 듯했다.

잠시 후 마롯 마을을 등지고 있는 숲이 보이자 테스는 눈물을 흘렸다.

"왜 울어?"

"제가 바로 저곳에 태어났다는 걸 생각했을 뿐이에요."

"사람이야 어디서든 태어나게 되어 있는 거 아닌가?"

"저 같은 건 저기서든 어디서든 차라리 태어나지 말았어야 했어요."

"너무 그렇게 슬퍼하지 마. 어쨌든 테스, 난 좋은 사람은 아닐 거야. 아마 악당인지도 몰라. 그렇게 태어났나보지. 하지만 당신에게 더 이상 악한 짓은 안 하겠어. 조금이라도 궁색해지거나 어려운 일이 생기면 내게 몇 자 적어 보내. 그러면 당신이 필요로 하는 건 곧바로 부쳐줄게. 난 당분간 런던에 가 있을 작정이야. 그래도 편지는 받아볼 수 있을 거야."

"난 당신에게 아무것도 받지 않겠어요. 그리고 이제 충분하니 그만 돌아가줘요."

마차가 멈춰 섰고 알렉 더버빌은 테스를 안아 내린 후 짐들도 내려놓았다. 테스는 짐을 들고 그 자리를 떠나려 했다.

사나이는 괴로운 듯 한숨을 내쉬었다.

"테스, 왜 그렇게 슬픈 표정을 하는 거야? 솔직히 그렇게 슬퍼할 것도 없잖아. 당신은 얼굴이 예쁘니까 가문이야 어떻든 이 고장 다른 계집들보다는 나을 거야. 내가 세상 물정 잘 아니까 당신을 생각해서 하는 소리야. 아름다움이 시들기 전에 세상 사람들에게 당신 얼굴을 더 자주 내밀라고……. 그건 그렇고 다시 돌아올 수는 없어? 정말로 당신을 이런 식으로 보내고 싶지는 않아."

"절대로 돌아가지 않을 거예요. 진즉에 알았다면 애당초 가지 않을 곳에 간 것뿐이니까요. 이제 모든 걸 다 알고도 다시 갈 수는 없어요."

"그렇다면 할 수 없지. 잘 가오. 넉 달 동안의 사촌 동생."

테스는 아버지 집 굴뚝에 가느다란 연기가 피어오르는 것을 보자 가슴이 메었다. 어머니는 난로에 떡갈나무 가지를 지펴 아침에 쓸 물을 끓이고 있었다. 어머니는 인기척에 뒤를 돌아다보더니 놀라서 소리를 질렀다.

"아니, 이게 누구야? 테스 아니니? 왜 돌아온 거니? 결혼 준비하려고 돌아왔니?"

어머니가 대뜸 결혼 이야기를 하자 테스는 기가 막혔다.

"아니에요. 쉬려고 돌아온 거예요. 아주 오랫동안 쉬려고요."

"무슨 소리니? 네 사촌이 네게 결혼하자고 하지 않더냐?"

"그 사람은 제 사촌도 뭣도 아니에요. 저랑 결혼할 생각도 없어요."

어머니는 테스를 찬찬히 쳐다보았다. 테스는 그 집을 아예 떠나왔다고 어머니께 말했다. 어머니는 분해서 눈물까지 글썽이며 말했다.

"그러고도 결혼을 못 했다는 거야? 세상에 어떤 계집이라도 결혼할 수 있었을 거다. 너하고 그 사람 사이에 무슨 일이 있었는지 소문이 다 나 있다. 그런데 이 꼴로 끝장이 나다니!"

제2부 미혼모

65

그 사내랑 결혼을 하다니! 테스는 그런 생각은 꿈에도 해본 적이 없었다. 그녀는 그를 사랑해본 적이 결코 없었다. 사랑이라는 단어나 감정이 떠오른 적도 없었다. 그녀는 그가 무서웠을 뿐이었다. 그의 앞에 서면 겁이 났을 뿐이었다. 그는 그녀의 약점을 이용해 그녀를 자기 것으로 만들었을 뿐이었다. 그리고 갑자기 그가 증오스러워져 그 사내의 품을 빠져나온 것이었다. 그를 떠나온 이상 그는 더 이상 미워해야 할 존재도 아니었다. 그냥 지푸라기와 같은 존재였다. 테스는 자기 이름을 더럽히지 않겠다는 이유만으로 그와 결혼할 생각이 추호도 없었다.

어머니가 테스를 원망하듯이 말했다.

"그와 결혼할 마음이 없었다면 몸가짐을 좀 조심해야 하지 않았니?"

그러자 테스가 폭발했다. 그녀는 흥분해서 어머니에게 대들듯 말했다.

"어머니! 제가 그런 걸 어떻게 알았겠어요? 넉 달 전에 이 집을 떠날 때 저는 철없는 어린애였어요. 세상 사내들은 다 무섭다는 걸 왜 안 가르쳐주셨어요? 사내들을 조심하라는 걸 왜 안 가르쳐주셨어요? 양갓집 여자들은 소설을 읽고라도 그런 걸 알 수 있으니까 제 몸을 지키겠지만, 저는 아무것도 몰랐어요.

어머니가 가르쳐준 적도 없잖아요."

어머니는 풀이 죽어 말했다.

"에구, 이왕 저지른 짓이니 할 수 없지. 다 팔자려니 하는 수
밖에……. 어쩌겠니, 이것도 다 하느님 뜻일 테니……."

테스 더비필드가 가짜 친척 집에서 돌아왔다는 소문은 금세
온 마을에 퍼졌다. 그러나 이 마을 처녀들은 테스를 향해 손가
락질을 하기는커녕 그녀를 부러워했다. 일이 좀 잘못되었을 뿐,
테스는 자기들은 꿈꾸기도 힘든 일을 경험한 것 아닌가? 그녀
가 입고 있는 옷도 모두 예쁜 고급 옷으로 보였고 그 부자 도련
님이 선물해준 것으로 생각했다.

하지만 테스는 그냥 숨어 지내고만 싶었다. 서너 주일이 지
나 겨우 마음을 추스르고 교회에 갔지만 그녀는 구석 자리에
앉았으며, 집에서도 방 안에만 틀어박혀 있었다. 그리고 어두워
진 다음에야 산책을 했다. 그녀가 어둠에 잠긴 언덕과 골짜기
를 그렇게 홀로 거닐 때면 그녀는 그야말로 자연과 하나가 되
었다. 자연과 하나가 되는 순간, 바로 그 순간이 그녀가 가장 마
음이 평온해지는 순간이었다.

하지만 그런 평온함은 오래가지 못했다. 그런 순간에도 그녀

를 끊임없이 괴롭히는 것이 있었다. 바로 인습(因習)이라는 괴물들이었다. 그녀에게는 죄가 없었다. 하지만 새들이 고요히 잠들어 있는 산울타리 사이를 거닐 때도, 토끼장에서 뛰어다니는 토끼들을 바라볼 때도 그녀는 자신이 이 티끌 하나 없이 깨끗한 자연을 더럽힌 '죄인'처럼 생각되어 괴로웠다.

하지만 그건 테스가 잘못 생각한 것이었다. 그녀는 깨끗한 자연을 더럽힌 죄인이 아니었다. 그녀는 그 자체로 자연과 어울리는 존재였다. 그녀는 자신이 깨끗한 자연과 대립된 존재라고 생각했지만 기실 그녀는 자연과 조화를 이루고 있었다. 그녀가 죄라고 생각한 것은 자연의 율법에 위배되는 것이 아니었다. 그녀가 깨뜨린 것은 사회적 인습과 규율에 불과했다. 그녀는 자연의 율법을 깨뜨린 것이 아니므로 그녀에게는 죄가 없었다.

제2장

때는 8월 밀 수확기였다. 세 마리의 말이 끄는 밀 수확 기계가 앞장서서 밀들을 넘어뜨리고 지나가면 뒤따르던 일꾼들이 그 밀을 단으로 묶는 일을 했다. 그 일꾼들은 대부분 여자들이었다. 여자들이 밀단을 묶는 모습은 그 자체가 자연의 일부분이었다. 간혹 여자들 사이에 남자들도 섞여 있었지만 남자들은 그저 열심히 일하는 한낱 인간에 불과했다. 하지만 여자는 여자라는 속성을 잃어버리고 주위의 정기를 빨아들여 자연과 일체가 되었다.

그런 여자들 중에서도 가장 눈에 띄는 것은 바로 테스였다. 그녀는 일절 주위를 돌아보지 않고 단을 묶는 일에 열중했다. 그렇다. 그녀는 바로 이전과 달라진 테스 더비필드였다. 외모는 이전과 같았는지 몰라도 속으로는 완전히 달라진 테스였다. 이 고장에서 태어나서 자란 그녀였지만 이제 이곳이 마치 낯선 곳처럼 되어버린 테스였다.

그들은 새벽부터 일을 했다. 그리고 아침 식사를 하고 나서도 여전히 열심히 일을 했다. 이윽고 11시 무렵이 되었다. 만일 누군가 테스를 유심히 바라본 사람이 있었다면 그녀가 손으로는 열심히 밀단을 묶으면서도 가끔 언덕 마루를 향해 시선을 던지고 있다는 것을 눈치챘을 것이다.

얼마 후 여섯 살부터 열네 살 또래 애들이 언덕 위에 나타났다. 애들 중 가장 나이 많은 여자아이가 두 팔에 인형 같은 것을 들고 있었다. 하지만 자세히 보면 인형이 아니라 긴 옷을 입힌 갓난아이였다. 아이들 중 한 아이의 손에는 점심이 들려 있었다. 일꾼들은 일손을 멈추고 낟가리에 기대고 앉아 점심을 먹었다.

맨 나중에 일손을 멈춘 테스 더비필드는 남들에게서 얼굴을 돌린 채 낟가리 한 귀퉁이에 앉았다. 동생들이 점심을 내려 놓자 테스는 동생에게서 갓난아이를 받았다. 짐을 벗은 동생은 홀가분한 기분에 다른 동생들과 함께 다른 낟가리 쪽으로 가서 놀았다. 갓난아이를 받은 테스는 잠시 남의 눈을 꺼리는 듯하더니 얼굴을 붉히며 저고리 단추를 풀고 아기에게 젖을 빨리기 시작했다.

아기가 젖을 배불리 먹고 나자 나이 어린 어머니는 아기를 침울하고도 차가운 표정으로 잠시 바라보았다. 그러더니 귀여워죽겠다는 듯 아기에게 마구 입을 맞추었다. 아기는 경멸과 애정이 뒤섞인 이 미칠 듯한 애무에 으앙 하고 울기 시작했다. 주변에 있던 사내들은 눈길을 애써 외면했고 여자들은 쑥덕거렸다.

"함께 죽어버렸으면 할 정도로 애가 미우면서도 귀여워죽겠나 봐."

"참 신기하지. 사람이란 저런 일에도 그럭저럭 익숙해지기 마련이니."

"웬만큼 추근거려서는 저렇게 되지 않았을 거야. 작년에 체이스 숲에서 흐느끼는 소리를 들은 사람도 있다고 하던데……."

"글쎄 말이야. 하고 많은 사람 중에서 하필 테스가 저렇게 되다니……. 너무 예뻐서 그렇게 된 거야."

그렇다. 정말로 가엾은 일이었다. 그녀의 꽃송이 같은 입, 크고도 정겨운 눈을 가까이서 보게 되면 비록 그녀와 원수지간이라 할지라도 그녀를 불쌍하게 여겼을 것이다. 그런 비참한 일만 겪지 않았다면 그녀는 누구나 본받을 만한 여자였을 것이다.

테스는 오랫동안 뉘우침과 고통 속에 살았다. 그녀는 거의 기진맥진했다. 그러나 그녀는 다시 기운을 차렸다. 그래, 다시 쓸모 있는 사람이 되는 거야. 무슨 대가를 치르더라도 자립의 단맛을 맛보는 거야. 과거는 이미 지나간 것일 뿐이야. 그게 어떤 것이건 아무 상관이 없어. 때가 되면 묻힐 거야.

테스가 그렇게 괴로워하는 가운데 새로운 결심을 하기까지 자연은 하나도 변함이 없었다. 산천초목은 예전과 마찬가지로 푸르렀고 새는 노래를 불렀고 태양은 여전히 밝게 빛나고 있었다. 자연은 테스가 슬퍼한다고 해서 함께 어두운 표정을 짓지도 않았고 테스가 괴롭다고 해서 함께 아파하지도 않았다.

테스는 자신을 그토록 고개를 들지 못하게 만든 일이 한낱 환상에 불과하다는 것을 깨달았는지도 몰랐다. 자기 홀로 죄책감에 괴로워하고 있다는 것을 깨달았는지도 몰랐다. 남들은 자신에게 그렇게 크게 관심이 없다는 엄연한 사실을 깨달았는지도 몰랐다. 만일 자신이 무인도에서 혼자 살고 있다면? 그런데도 자기가 겪은 일을 비참하게 여겼을까? 홀로 이름 없는 아이를 키워야 하는 처지에 놓였다고 절망했을까? 아니다. 테스는 그 처지를 담담하게 받아들이고 그 속에서 즐거움을 찾았을 것이다. 그녀는 자연과 마찬가지로 변함이 없었을 것이다. 그것이 타고난 테스의 성품이요, 감정이었다. 그녀가 괴로워하는 것은 오로지 인습 때문이었다. 그녀는 인습에 대한 두려움을 떨쳐버린 것인지 몰랐다. 그러면서 자연에 가까이 간 것인지도 몰랐다.

그녀는 몸단장을 했다. 그리고 언제나 일손이 부족한 추수 마당으로 나선 것이었다. 그리고 당당하게 사람들 얼굴을 마주 보았고 사람들이 보는 앞에서 갓난아이에게 젖을 물렸다.

그렇게 며칠이 지났다. 테스의 여자 친구들은 그녀를 다정하게 맞아주었고, 테스는 그들의 쾌활한 분위기에 젖어 다시 명랑해졌다. 테스는 이제 도덕적인 멍에와 슬픔에서는 거의 벗어날 수 있을 것 같았다. 그러나 또 다른 슬픔이 그녀를 기다리고 있었다.

어느 날 일을 마치고 집으로 돌아오니 아기가 몹시 앓고 있었다. 그냥 아픈 정도가 아니라 위독했다. 어린 어머니는 큰 충격을 받았다. 아아, 아이에게 아직 세례도 주지 못했는데 이대로 보낼 수는 없어. 내가 저지른 죄 때문에 내가 화형을 당하고 지옥에 가는 건 괜찮아. 하지만 내 귀여운 아이의 영혼이 구원받지 못하고 떠돌게 할 수는 없어.

테스는 아버지에게 목사님을 불러올 수는 없느냐고 물었다. 하지만 아버지는 딱 잘라 거절했다. 그는 테스가 유서 깊은 집안을 더럽혔다는 생각에 사로잡혀 있었고, 목사를 불러들여 집안 꼴을 훤히 들여다보게 하고 싶지 않았다.

밤이 되자 식구들은 모두 잠자리에 들었다. 테스는 잠을 이루지 못했다. 한밤중이 되자 아기의 병세는 더욱 심해졌다. 곧 숨을 거둘 것만 같았다. 애가 탄 테스는 안절부절못했다. 테스는 사생아인 데다 세례도 받지 못해 지옥 한구석에서 처박혀 고통받고 있는 아기의 모습을 그려보았다.

아기의 숨결은 점점 힘들어졌고 어머니의 마음은 점점 더 조여왔다. 그녀는 더 이상 침상에 누워 있지 못하고 방 안을 서성이며 외쳤다.

"오, 자비로우신 하느님! 부디 이 어린 것을 불쌍히 여기소서! 이 어린 것을 동정하소서!"

순간 번쩍 한 가지 생각이 그녀를 꿰뚫고 지나갔다. 그녀의 얼굴이 마치 빛을 뿜듯이 환하게 빛났다.

"그래, 이 어린 것에게도 구원의 길이 있을 거야! 결과는 마찬가지일 거야!"

그녀는 세상모르고 잠들어 있던 동생들을 모두 깨웠다. 그녀는 주전자의 물을 대야에 따라 놓은 다음 동생들을 그 뒤에 기도하는 자세로 꿇어앉게 했다. 동생들은 영문도 모르는 채 테스가 시키는 대로 했다.

테스는 아이가 낳은 아기, 성숙한 어머니가 아니라 세상 물정 아무것도 모르는 순진한 처녀가 낳은 아기를 침상에서 쳐들었다. 그리고 세수 대야 앞에 우뚝 섰다. 바로 아래 동생인 리자 루가 테스에게 기도책을 내밀었고 이윽고 세례식이 시작되었다.

세례식 도중 동생 한 명이 물었다.

"이름은 뭐라고 할 거야?"

테스는 미처 이름에 대한 생각은 못 했었다. 그러자 문득 창세기 한 대목의 이름이 떠올랐다. 테스는 엄숙하게 말했다.

"소로우(슬픔), 아버지 하느님과 하느님의 아들인 그리스도와 성령의 이름으로 내 그대에게 세례를 하노라."

테스는 물을 뿌리며 아멘이라고 말했고 아이들도 모두 함께 합창했다. 이어서 주기도문 낭송, 기도와 함께 세례식이 끝났다. 세례식이 끝나고 날이 밝아올 무렵에 이 연약한 하느님의 종은 숨을 거두었다. 달갑지 않게 세상에 태어났던 '소로우', 함부로 이 세상에 뛰어들었던 아이, 세상의 법도를 무시하는 '자연'이 보내준 사생아는 세상을 떠났다.

이날 밤 갓난아이의 시신은 기독교적 장례 의식도 없이 묘지 한구석에 조용히 묻혔다. 세례도 못 받고 죽은 아이들, 술꾼들, 자살한 자들, 지옥에 갈 것이 뻔한 자들이 묻혀 있는 곳에 '소로우'도 묻혔다. 그것도 묘지기에게 1실링의 돈과 맥주 한 잔을 주고 겨우 얻은 자리였다.

제3장

'방황을 해보아야 비로소 지름길이 보인다'라고 말한 사람도 있다. 하지만 오랜 방황이 오히려 우리의 앞길을 방해하는 때도 있는 법이다. 테스 더비필드의 방황이 바로 그런 방황이었다. 그녀는 방황 후에야 제대로 처신하는 방법을 깨달았지만 이제 와서 그녀의 방황, 그녀의 행실을 그 누가 받아들일 것인가?

그녀의 방황은 그녀의 의지와는 아무 상관없이 행해진 방황이었다. 그녀가 아무것도 몰랐기에, 그녀가 너무 순진했기에 하게 된 방황이었다. 그녀는 아마 하느님을 향해 이렇게 빈정거렸을지도 모른다.

'하느님, 당신은 정작 걸을 수 있는 길을 마다하고 참으로 좋은 길을 권해주셨습니다.'

그녀는 겨울 내내 집 안에 틀어박혀 닭의 털을 뽑기도 하고, 칠면조와 거위에게 먹이를 주고, 더버빌에게서 받은 옷들, 꼴도 보기 싫어 처박아두었던 옷들을 꺼내 동생들의 옷으로 뜯어고치면서 지냈다. 아무리 어려워도 더버빌에게서 도움을 받겠다는 생각은 추호도 하지 않았다.

겉보기에 그녀는 부지런히 손을 놀리며 일만 하고 있는 것처럼 보였다. 그러나 그녀는 일을 하면서 오만 가지 생각에 잠겼다.

그녀는 한 해 동안 주마등처럼 스쳐지나갔던 나날들을 유심히 되새겼다. 어두컴컴한 체이스 숲에서 자신의 몸을 망친 그 불행한 일, 아기를 낳고 아기가 죽은 일, 자기 생일날, 그 밖에 자잘한 일들이 벌어졌던 나날들을 하나씩 머리에 그려보았다.

그러던 어느 날이었다. 거울 속에 비친 자신의 얼굴을 들여다보다가 그녀에게 문득 한 가지 생각이 떠올랐다. 그래, 지나간 나날들보다 훨씬 중요한 날이 있을 거야. 내가 죽어서 나의 이 아름다움이 몽땅 사라져버리는 바로 그날. 우리가 무심코 스쳐 지나보내는 날들 중에 그날이 숨어 있겠지. 숨어 있지만 엄연히 존재하는 그날. 매년 그날과 마주하면서도 어찌 온몸이 오싹하는 전율을 한 번도 느껴보지 않았단 말인가? 나중에 그날이 올 때마다 사람들은 이렇게 말하겠지.

'오늘은 가엾게도 테스 더비필드가 세상을 떠난 날이야.'

자기의 한평생에 끝을 고하게 될 그날도 그냥 평범한 여러 날들 중의 하나겠지. 아무도 그날이 이상하거나 특별한 날이라고는 생각하지 않을 거야.

그렇게 테스는 순박한 처녀에서 생각이 복잡한 여인으로 순식간에 탈바꿈을 했다. 깊은 생각에 잠긴 기색이 얼굴에 떠오르기도 했고, 말소리에서 서글픈 음조가 느껴지기도 했다. 두 눈은 더욱 커졌고 표정도 한결 풍부해졌다. 한마디로 누구나 마음을 설레게 할 만한 절세미인이 된 것이었다. 타고난 미모에 1년 동안 겪은 고난으로 인해 그윽한 품성이 덧붙여진 것이었다.

이제 이 마롯 마을에서 테스의 일은 더 이상 사람들 입에 오르내리지 않았다. 하지만 테스는 더 이상 이곳에서 즐겁게 살아갈 수 없었다. 자기 집안이 자기를 미끼로 부유한 더버빌 집안과 맺어지려 했던 것은 사실이 아닌가? 이곳 사람들은 모두 그 사실을 알고 있지 않은가? 어떻게 그 부끄러운 사실을 잊은 척 이곳에서 즐겁게 다른 사람들과 지낼 수 있단 말인가? 테스의 날카로운 자의식이 무뎌지지 않는 한 이곳에서 마음 편히 지낼 수는 없었다.

그러는 한편 테스는 자기 가슴속 어디에선가 희망에 찬 생명의 고동이 힘차게 뛰고 있는 것을 느낄 수 있었다. 그래, 과거에 대한 기억이 하나도 남아 있지 않은 외진 곳으로 가서 산다면 행복을 되찾을 수 있을지도 몰라. 과거를 모두 지워버리려면 멀리 떠나가서 사는 수밖에는 없어.

'한 번 잃으면 영원히 잃는 것이다'라는 말은 과연 정조(貞操)에도 해당되는 말일까? 테스는 혼자 자주 그런 생각을 했다. 지나간 일을 감출 수만 있다면, 그 말이 잘못된 말이라는 것을 증명할 수 있을 것 같았다. 모든 생명체에는 으레 재생의 능력이 있지 않은가? 그런데 그런 재생의 힘이 왜 유독 처녀성에만 적용될 수 없단 말인가?

그녀는 새 출발의 기회가 오기만 기다렸다. 그러는 사이에 봄이 왔다. 테스는 이제 스무 살이었다. 만물이 소생하는 그 계절, 테스의 마음도 설레었다. 진정으로 어디론가 떠나고 싶었다. 그러던 5월 초순 어느 날, 드디어 기회가 왔다.

어느 날 어머니에게 한 통의 편지가 왔다. 어머니가 오래전에 테스의 일자리를 하나 구해달라고 부탁해놓은 어머니 친구에게서 온 편지였다. 그곳에서 남쪽으로 몇 킬로미터 떨어진 곳에 있는 목장에서 소젖 짜는 일에 능숙한 여자를 구하고 있다며, 여름 한철 테스를 고용할 수 있다는 내용이었다.

그곳은 테스가 바라는 만큼 멀리 떨어진 곳은 아니었다. 하지만 테스에 대한 소문이 미치지는 않을 만한 곳이었다. 테스는 그곳으로 가기로 결심했다. 그와 함께 그녀는 한 가지 결심을 굳건히 했다. 더 이상 더버빌 같은 공중누각을 허황되게 바라보는 짓은 하지 않겠다는 결심이었다. 비록 어머니 때문에 벌어진 일이었지만 어쨌든 그녀 자신도 동조한 일이 아니었던가? '나는 소젖 짜는 여자로 살아갈 거야. 다시는 조상들이 옛날에 귀족 기사였다는 이야기는 하지 않고 살 거야.'

하지만 사람에게는 모순되는 면이 있는 법이다. 테스는 그곳이 우연히도 조상들의 영지와 가까운 곳이라는 사실에 마음이 끌렸다. 테스가 가기로 되어 있는 톨버세이즈 목장은 더버빌 옛 영지와 아주 가까운 곳에 있었고, 조상들의 유골 안치소도 그 근처에 있었다. 그녀는 조상의 땅 가까이에 있으면 뭔가 좋은 일이 있을지도 모른다는 생각이 자신도 모르게 찾아와 마음이 설레었다. 그녀는 아무리 억누르려 해도 언제고 희망이 솟구쳐 오르는, 언제고 삶의 환희를 그리며 찾는 젊은 청춘이었다.

제3부

재생

제1장

　5월 어느 날 그녀는 두 번째로 집을 떠났다. 트란트릿지에서 돌아온 지 3년 가까이 되었을 때였다. 그 세월은 그녀가 묵묵히 재생의 길을 걸어온 기간이었다.

　테스는 나중에 부칠 수 있도록 짐을 꾸려놓고 스타우어캐슬 행 마차에 몸을 실었다. 처음에 집을 떠났을 때와는 다른 방향이었다. 그녀는 스타우어캐슬에서 내린 후 어느 농부가 모는 마차를 얻어 타고 웨더베리까지 갔다. 그곳에서 마차에서 내린 그녀는 힘들여 고개를 넘어 몇 번이나 길을 잘못 들어 헤맨 끝에 겨우 목적지가 눈앞에 보이는 언덕에 도착했다.

　언덕에서 바라보니 농장의 규모가 블랙무어 분지에서 본 것들과는 비교도 안 되게 컸다. 저 멀리 들판으로 수많은 암소 떼들이 풀을 뜯고 있었다. 테스는 이제까지 그렇게 많은 젖소 떼들을 본 적이 없었다. 테스는 기분이 상쾌해졌다. 그녀는 삶에 대한 열정을 새삼 느끼며 여행의 목적지인 목장을 향하여 언덕을 내려가기 시작했다.

농장에 도착한 그녀는 열려 있는 문을 통해 안마당으로 들어섰다. 안마당에서 젖소들이 어슬렁거리고 있었고, 마당 한편에 외양간들이 죽 늘어서 있었으며 외양간 기둥과 기둥 사이에도 젖소들이 줄지어 서 있었다.

테스가 안으로 들어서자 젖을 짜고 있던 남자와 여자들이 일제히 그녀를 바라보았다. 인근 농장과 목장에서 젖을 짜기 위해 온 사람들이었다. 그중 튼튼해 보이는 중년 사내가 그녀에게 왔다. 이 농장 주인인 크릭 씨였다. 그는 한창 바쁠 때 일손을 구하게 된 것이 기뻐서 반가이 그녀를 맞았다. 둘은 인사를 나눈 후 곧장 일에 관해 이야기를 했다.

"색시, 정말 젖을 잘 짤 수 있겠소? 한창 철에 젖이 줄었다가는 큰일이거든."

주인이 파리한 테스의 얼굴을 보고 말했다. 그녀는 집 안에만 있었기에 안색이 창백했던 것이다. 테스는 장담을 했다. 그래도 주인이 못 믿어하는 것 같아 테스는 직접 젖을 짜 보이겠다며 모자를 벗고 머릿수건을 쓴 다음 젖소 배 밑에 있는 의자에 자리를 잡고 앉았다. 이윽고 두 주먹 사이로 젖이 뿜어져 나와 젖통 속으로 쏟아져 들어갔다. 젖을 짜면서 테스는 비로소 자기 미래의 토대가 마련되는 기분에 흥겨워졌다.

주인은 흡족한 기분으로 테스에게 내일부터 당장 일을 시작하라고 한 후 젖 짜는 사람들 사이를 돌아다니며 점검과 지시를 하기 시작했다. 그런데 이상한 일이 벌어졌다. 외양간 안에 있는 암갈색 젖소의 젖을 짜고 있던 젊은이에게 다가간 주인이 그에게 '선생'이라는 호칭을 사용한 것이었다. '선생'의 젖 짜는 솜씨는 멀리서 보아도 서투르기 짝이 없었다.

주인이 그에게 말했다.

"살살 하시오, 선생. 힘만으론 안 됩니다. 요령으로 하셔야지."

그러자 사나이가 일어서서 두 팔을 쭉 뻗치며 말했다.

"겨우 이놈을 끝낸 모양입니다. 손가락이 좀 아프군요."

테스는 그 사내를 바라보았다. 사내는 젖 짤 때 늘 차는 하얀 턱받이를 하고 있었고 가죽 감발을 감고 있었으며 장화에는 지푸라기가 덕지덕지 붙어 있었다. 그러나 이곳 목장에 어울리는 건 그 옷차림뿐이었다. 뭔가 교양이 있는 얼굴이었으며 어딘지

내성적이고 우울한 성격을 내보이고 있어 다른 젖 짜는 사람들과는 영 딴판이었다.

테스는 문득 그 남자를 어디서 한 번쯤 본 것 같다는 생각이 들었다. 그녀는 찬찬히 그의 모습을 살펴보았다. 테스가 그동안 하도 어려운 일을 많이 겪어서인지 온통 헛갈리기만 할 뿐 좀처럼 어디서 보았는지 생각이 나지 않았다.

그러다 갑자기 번쩍 떠오르는 것이 있었다. 그 사나이는 다름 아니라 지난날 마롯 마을 5월의 댄스 축제에 나타났던 외지 젊은이들 중의 하나였다. 다른 처녀들과 춤을 춘 후 자기와 눈을 맞춘 후 떠나갔던 바로 그 젊은이였다.

갑자기 그 옛날, 그래봤자 4년도 안 된 일이 떠오르자 그녀는 당황했다. 그때의 자기와 지금의 자기는 얼마나 달라져 있는가! 그녀는 이제 아무것도 모르는 순진하고 철없는 처녀가 아니었다. 그녀는 혹시 그가 자기를 알아볼까봐 걱정스러웠다. 다행히 그가 자신을 알아보는 기색이 없어 그녀는 한시름 놓았다. 그때 감정이 철철 넘치던 얼굴은 전보다 사색적인 모습으로 변해 있었고 젊은이답게 보기 좋은 코밑수염과 턱수염이 나 있었다. 젖 짜는 농부 복장을 하고 있었지만 그 일에 서툰 풋내기란 건 그가 한 마리 소젖을 짜는 데 들인 시간만으로도 알 수 있었다. 하지만 그가 무슨 일을 하고 있는 사람인지는 알 수 없었다.

한편 젖을 짜고 있던 아낙네들은 테스의 모습을 보고 "어머, 참 예쁘기도 해라"라고 소곤거렸다. 하지만 '예쁘다'라는 말만으로 그녀의 아름다움을 표현하기에는 부족했다. 아마 아낙네들은 다른 표현을 찾기 힘들어서 그런 표현으로 만족했으리라. 혹은 시기심에 그 정도 표현으로 그녀를 깎아내리고 싶어 했는지도 모른다.

이윽고 저녁 젖 짜기가 끝나자 모두들 외양간에서 나왔다. 젖 짜는 사람들 중에 이 집에 기거하는 사람들은 테스를 비롯해서 서너 명의 처녀들뿐이었다. 대부분의 사람들은 일이 끝나면 각자 집으로 돌아갔다.

테스는 침실로 가서 침대를 정리했다. 침실은 넓은 우유 창고 위층에 있는 커다란 방이었다. 그 방에서 테스는 목장에서 기거하며 젖을 짜는 다른 세 처녀들과 함께 지내게 되었다. 둘은 테스보다 나이가 많았고 한 명은 어렸다. 잠자리에 들자 테스는 피곤해서 곧 잠이 들려 했다. 그때 테스 바로 옆 침대에 누웠던 처녀가 이 목장에 대해 테스에게 자세한 이야기를 들려주고 싶었는지 입을 열었다. 그 처녀가 소곤거리는 소리가 테스의 몽롱한 의식 속에 마치 꿈결에서처럼 들려왔다.

"엔젤 클레어라는 분은 우리들과는 별로 이야기도 나누지 않아요. 목사 아드님인데 여자들에게는 한눈팔지도 않거든. 주인 양반 제자가 되어 농사일을 골고루 배우고 있어. 다른 곳에서 양치는 걸 배우고 지금은 젖 짜는 걸 배우는 중이래요. 그 사람 아버지는 엠민스터에서 목사님으로 계셔."

그녀가 하는 말을 다른 처녀가 들었는지 대꾸를 했다.

"나도 그 목사님 이야기를 들은 적이 있어. 진짜 열성적인 목사님이시라지?"

"맞아, 웨섹스 일대에서 가장 열성적인 분이래. 막내인 엔젤 클레어 씨만 빼놓고 두 아들은 모두 목사가 되었대."

테스는 처녀들이 하는 이야기를 귓전으로 들으며 잠에 빠져 들었다.

제2장

여기서 엔젤 클레어에 대해 간단히 소개를 해보기로 하자.

그는 이 고을 저편 끝에 사는 가난한 감리교회 목사의 막내 아들로 태어났다. 그의 부친인 클레어 목사의 첫 부인은 딸 하나만 남겨놓고 세상을 떠났다. 클레어 목사는 느지막한 나이에 재혼을 해서 아들 셋을 갖게 되었다.

아들이 장성하자 아버지는 아들들이 모두 목사가 되기를 원했다. 위의 두 아들은 아버지의 뜻을 따랐지만 엔젤은 달랐다. 그는 아버지에게 자신은 목사가 될 생각이 없다고 말했다. 그가 마롯 마을의 댄스 축제에 나타나기 두 해 전의 일이었다.

정직하고 순박한 아버지는 대경실색했다. 목사의 혈육인 자기 자식에게서 이런 소리를 들을 줄은 꿈에도 생각하지 못했다. 성직자가 될 생각이 아니라면 케임브리지대학에 보낼 필요도 없지 않겠는가? 보수적인 목사에게는 목사 이외의 다른 인물이 되기 위해 대학을 다니는 것은 아무런 의미도 없었다.

엔젤의 아버지는 애원도 하고 설득도 해보았다. 하지만 엔젤은 하느님의 명예와 영광을 위해 살기보다는 사람들의 명예와 영광을 위해 살겠다고 고집을 부렸고, 자신은 케임브리지대학에 다니지 않아도 된다고 아버지에게 말했다.

그는 대학에 다니는 대신 두서없이 앞날을 계획하고 몽상에 빠져 몇 해를 보냈다. 그리고 사회의 관습이나 형식들을 무시하게끔 되었다. 그는 지위니, 명성이니, 물질적 부귀영화를 경시하다 못해 경멸했다. 주변에서 중시하는 거의 모든 가치와 일에 대해 비판적이었던 그는 세상 실정을 보다 잘 알기 위해, 또한 자기에게 적합한 일을 찾기 위해 런던으로 갔다. 그는 그곳에서 큰 위기를 겪었다. 그보다 나이가 훨씬 많은 여인의 유혹에 빠져 며칠간 방탕한 생활을 했던 것이다. 다행히 커다란 인생 경험을 한 셈 칠 수 있을 정도에서 그 손아귀에서 벗어날 수 있었다.

그가 성직자가 되지 않기로 한 것은 성직자 대신 사회적 성공을 보장해줄 다른 일에 매력을 느꼈기 때문이 아니었다. 어렸을 때부터 시골 생활을 해온 그는 도시 생활을 지나치리만큼 싫어했다. 모든 일이 싫기만 할 뿐, 그를 유혹할 만한 일은 없었다. 그렇다고 무슨 뾰족한 수가 있는 것도 아니라서 그는 적잖은 세월을 허송했다.

그때 마침 그에게 식민지에서 농업에 종사해서 전도가 유망해진 친구 소식이 들려왔다. 그는 무릎을 탁 쳤다. 식민지에서건 미국에서건 혹은 이곳 영국에서건 장소는 아무래도 좋아. 농업이야말로 최고의 직업이 될 거야. 농업에 종사하게 되면 풍족한 재산보다 훨씬 소중한 지성(知性)의 자유를 희생시키지 않은 채, 자립할 수 있을 거야!

바로 그런 생각에 스물여섯 살의 엔젤 클레어는 젖소 연구생의 자격으로 이곳 톨버세이즈 목장에 머물게 된 것이었다. 그는 마땅한 숙소를 구할 수 없어 주인집에서 기거하고 있었다. 그는 치즈를 저장해두는 광에서 사다리를 통해 올라갈 수 있는 긴 방에서 기거하고 있었다. 그는 처음에는 주로 그 방에서 혼자 책을 읽고 싸구려 하프를 연주하며 지냈다. 하지만 차츰 이곳 농장에서 일하는 사람들과 어울리면서 농부들에 대한 자신의 편견이 깨지는 것을 알게 되었다. 그리고 그들과 지내게 된 것을 진심으로 기뻐했다.

이곳에서 지내면서 그가 그동안 지니고 있던 머슴이나 농부에 대한 고정관념은 사라져버렸다. 이전까지 '머슴'이란 단어는 그에게 어리석은 바보와 같은 의미를 지니고 있었다. 하지만 이곳 사람들 중에 머슴이라고 업신여길 사람은 아무도 없었다. 그들은 그 단어로 묶일 만한 단조로운 사람들이 아니었다. 그들은 모두 다양했다. 그는 그들의 각기 다른 모습을 실감하면서 파스칼의 다음과 같은 말이 얼마나 옳은지를 새삼 깨달았다.

'지혜가 풍부해질수록 독특한 성격을 가진 사람들을 많이 발견할 수 있다. 평범한 무리들은 인간들 사이의 차이를 전혀 분간해내지 못한다.'

그가 그들과 함께 지내면서 전형적인 머슴은 자취를 감추었다. 그 관념적인 머슴은 산산이 부서져, 갖가지 다양한 인물들로 마치 무지개처럼 분화되었다. 마음이 넓은 자, 생각이 많은 자, 행복을 맛볼 줄 아는 자, 냉정한 자, 침울한 자, 천재 못지않게 슬기로운 자, 우둔한 자, 변덕스러운 자, 근엄한 자, 말 없는 자, 지혜로운 자 등 각자 저마다의 길을 가는 자들로 변해버린 것이다.

그들 머슴들, 아니 머슴들이 아니라 인간들을 발견하고 함께 지내면서 그는 지식인적인 창백한 우울증에서 벗어났다. 농업

입문서들을 짧은 시간에 읽어치운 그는 지식을 쌓기 위해, 혹은 직업을 얻기 위해 책을 읽던 이전과는 달리 아무 생각 없이 내키는 대로 즐겁게 책들을 읽었다.

그는 다른 농부들과 함께 식사를 하고 싶었으나 클릭 부인이 점잖은 체면에 그러면 안 된다고 우기는 바람에 벽난로 옆 구석진 곳에서 식사를 했다. 그는 그곳에서 마음만 내키면 언제고 책을 읽을 수 있었다.

테스가 도착한 며칠 동안 그는 우편으로 막 부쳐온 책들과 악보를 읽느라 테스가 식탁에 자리 잡고 앉는 것도 보지 못했다. 더욱이 그녀와 함께 앉은 처녀들이 하도 수다스러워서 그 목소리들에 섞여 있는 색다른 목소리를 식별해내지도 못했다.

그러던 어느 날이었다. 그는 악보 한 장을 골똘히 들여다보며 머릿속으로 그 곡조에 귀를 기울이고 있었다. 그런데 어느 순간 그는 깜짝 놀라 그만 악보를 손에서 떨어뜨리고 말았다. 식탁에서 오가는 대화들이 그가 머릿속으로 상상하고 있던 관현악과 뒤섞이면서 한 또렷한 목소리가 그에게 들려왔던 것이다.

'저 많은 여자들의 목소리들 중에서 어떻게 유독 한 목소리만 이렇게 아름답게 울리는 것일까? 아마 새로 온 여자인가봐.'

그는 여자들과 함께 앉아 있는 테스 쪽으로 눈길을 돌렸다.

그는 한동안 그녀가 말하는 모습을 넋을 잃고 바라보았다.

'어쩌면 저렇게 싱싱하고 순결해 보일까? 꼭 '자연'이 낳은 딸 같아.'

어딘가 낯이 익은 것 같았다. 아마 전에 도보 여행을 할 때 어디선가 보았겠지. 하지만 그는 기억을 해낼 수 없었다.

때는 6월이었고 전형적인 여름날 저녁이었다. 테스는 뜰 한 구석에서 이 여름날의 정적을 즐기고 있었다. 원근의 구별도 없어지고 삼라만상이 모두 몸 가까이 느껴졌다. 그런데 그 정적이 하프 소리에 깨져버렸다.

테스는 전에도 그 하프 소리를 들은 적이 있었다. 전에는 그냥 들어 넘겼지만 이번에는 그렇지 않았다. 이렇듯 고요한 정적 속에서 흘러나온 그 소리는 이상하게 테스의 마음을 흔들었다. 비록 솜씨는 뛰어나지 않았지만 세상 모든 일이란 주위 환경에 좌우되는 법인지, 그녀는 자리를 뜰 수 없었다. 한 곡조가 끝났다. 테스는 다른 곡이 시작되기를 기다리고 있었다. 그때였다. 그녀는 깜짝 놀랐다. 웬 사내가 울타리를 돌아 그녀의 뒤로 다가온 것이다. 테스는 볼이 활짝 달아올라 얼른 뒤로 물러섰다. 하프를 연주하고 있던 엔젤이 그녀의 모습을 발견하고 내려온 것이었다.

엔젤이 테스에게 물었다.

"왜 그렇게 몸을 빼는 거지요? 내가 무서운가요?"

"아뇨, 그런 게 아니에요. 바깥 세상에 무서운 게 뭐가 있겠어요? 더욱이 이렇게 아름다운 꽃들이 피어 있고 천지가 푸르른 요즘은 더 그래요."

"그럼 마음속에 뭔가 무서운 일을 갖고 계신가보군요."

"그렇다고 볼 수 있어요."

"그게 뭘까요? 혹시 세상 살아가는 일 때문인가요?"

"그럴지도 몰라요."

"나도 늘 그런 기분에 젖곤 해요. 하지만 당신처럼 꽃다운 처녀가 그렇게 심각하게 살아갈 이유가 어디 있나요? 제게 이야기해주시지 않겠어요?"

테스는 이 주변 삼라만상에 대한 자신의 생각을 묻는 줄 알고 대답했다.

"제게는 나무들, 시냇물들이 서로를 바라보며 이야기를 나누고 있는 것 같아요. 나무들은 뭔가 묻는 것 같은 눈초리를 하고 있고 시냇물은 그 나무에 대해 '너희들 왜 그런 눈초리로 나를 괴롭히니?'라고 말하는 것 같아요. 우습죠?"

엔젤은 그녀의 말을 듣고 너무 놀랐다. 시골 처녀인 그녀가 시골 사투리로 아주 간단하게 근대 사상이 씨름하고 있는 문제를 제기한 것이 아닌가! 그녀는 근대 철학자들만큼 진지하게 고민하고 있는 것이 아닌가! 도대체 이 시골 처녀를 그런 깊은 생각에까지 이끈 것은 무엇일까?

한편 테스는 테스대로 목사 집안에 태어나 훌륭한 교육을 받은 이 젊은이가 무엇 때문에 삶에 대해 고뇌하는 모습을 보이는 것인지 이해할 수가 없었다. 왜 아버지처럼 목사가 되지 않고 농부가 되려는 걸까?

둘은 처음 만날 때부터 그렇게 서로 상대방에 대해 궁금증을 가졌다. 그날 이후 둘은 자주 만나 이야기를 나누었다. 테스에게 엔젤은 한 사나이라기보다는 일종의 지성(知性)이었다. 하지만 날이 갈수록 그녀의 마음에 묘한 감정이 자리 잡기 시작했다.

계절은 빠르게 무르익어 갔다.

목장에서 지내는 남녀들은 한결같이 아늑하고 평온한 마음으로 즐겁게 지내고 있었다. 그들은 이 세상 누구보다 복 받은 사람들이었다. 우선 그들은 궁색함의 굴레에서 벗어나 있었다. 하지만 무엇보다, 지나치게 풍족한 삶을 누리고 있는 사람들처

럼 체면을 지키느라 자연스러운 감정을 억누르며 지낼 필요가
없었기 때문이었다. 그곳에서는 모든 것이 자연스러웠다.

어느덧, 자연의 유일한 목적이 오로지 초목을 무성하게 만드
는 데만 있는 것처럼 보이는 녹음의 계절도 지나가버렸다.

테스와 클레어는 부지불식간에 서로의 마음을 살펴보았다.
그들은 아차 하면 불타오르는 정열의 도가니에 빠질 수도 있었
다. 하지만 둘은 아슬아슬한 고비를 겨우 넘기고 있었다. 그렇
지만 두 사람은 두 갈래 물줄기가 거역할 수 없는 자연의 법칙
에 따라 어김없이 하나로 합류하는 길을 더듬어가고 있을 뿐이
었다.

테스는 지금처럼 행복한 때가 없었다. 그녀는 앞으로 두 번
다시 지금처럼 행복할 때는 찾아오지 않을 것처럼 느꼈다. 무
엇보다 그녀가 이 새로운 환경에 육체적으로나 정신적으로나
알맞았기 때문이었다. 애초에 척박한 땅에 뿌리를 내렸던 어
린 나무가 비옥한 땅으로 옮겨 심어진 것과 같았다. 게다가 클
레어를 향한 그녀의 야릇한 감정조차 그녀를 괴롭게 하지 않았
다. 그녀는 자신이 그를 좋아하는지, 열렬히 사랑하는지 분간할
수 없었기에 그 감정에 깊숙이 빠지지 않았다. 다만 그녀는 이
새 물결이 도대체 자신을 어디로 끌고 갈 것인지, 앞으로 자신

이 어떻게 될 것인지 자문하면서 자연스럽게 마음이 흘러가는 대로 내버려두고 있었다.

한편 클레어도 마찬가지였다. 그의 눈에 아직 테스는 막 피어나기 시작한 우연한 환상에 불과할 뿐이었다. 그는 자신의 마음이 자연스럽게 테스에게 쏠리는 대로 내버려두었다. 그러고는 자신의 태도가 아주 신선하고 흥미로운 여성의 표본을 관찰하는 철학자로서의 관심일 뿐이라고 생각했다.

이제 둘은 자주 만났다. 특히 아직 동이 트기 전인 새벽에 만났다. 물론 둘만의 만남의 시간을 특별히 정한 것은 아니었다. 이 집에서는 새벽에 일찍 일어나야만 했기 때문이었다. 새벽 3시 조금 지나서는 우유에서 크림을 걷어내는 일을 해야 했고, 그런 후 곧바로 새벽에 젖을 짜야 했다.

테스는 새벽에 사람들을 깨우는 일을 맡았다. 그녀가 이곳 신참인 데다, 자명종이 울려도 그 소리를 못 들을 만큼 깊게 잠드는 편이 아니었기 때문이었다. 새벽 3시에 자명종이 울리면 그녀는 자리에서 일어나 제일 먼저 주인 내외를 깨운 다음, 사다리를 타고 엔젤의 방으로 올라가 문을 두드려 그를 깨운 후, 마지막으로 다시 침실로 돌아와 동료 아가씨들을 깨웠다.

테스가 대충 몸단장을 끝낸 후 아래로 내려가면 늘 클레어가 이미 밖에 나와 있었다. 친구들과 주인은 잠자리에서 꼼지락거리다가 15분이나 20분쯤 뒤에야 밖으로 나왔다.

테스는 이곳에 와서도 얼마 동안 크림 걷는 일을 하지 않았기에 두 사람은 들판으로 젖을 짜러 나가면서 새벽의 여명 속을 거닐며 이야기를 나눌 수 있었다. 널리 트인 목장을 감싸고 있는 희뿌연 빛을 받고 있는 두 사람은, 이 세상 사람이라기보다는 마치 아담과 이브 같았다.

하루의 막이 열리는 이 순간, 클레어의 눈에 테스는 흡사 여왕과 같았다. 그만큼 비현실적이었다. 도대체 이렇게 아름다운 여인이, 이 순간에, 이 들판에, 자기의 눈길이 머무는 곳에 나와 있을 수 있다니! 아름다운 여인이란 여름철 이 시간이면 으레 잠들어 있기 마련 아닌가! 그런데 테스가 바로 자기 옆에 있었고, 그것도 오로지 그녀 혼자 자기 옆에 있었던 것이다.

그녀는 그에게 마치 막달라 마리아가 나타난 것과도 같았다. 사내는 테스의 얼굴을 눈여겨 바라보았다. 자욱한 안개 속에 온 풍경이 뿌옇게 보였으나, 이 어둑어둑한 여명 가운데도 그녀의 얼굴에는 인광 같은 빛이 서려 있었다. 그에게 테스는 마치 육체를 떠난 영혼이나 정령처럼 보였다.

사내는 농담 삼아 테스를 그리스 여신들의 이름, 이를테면 달의 여신 아르테미스나, 농경의 여신 데메테르라고 불러보기도 했다. 하지만 그 여신들의 이름을 알 리 없는 테스는 그를 흘겨보며 "그냥 테스라고 불러주세요"라고 조용히 말하곤 했다.

이윽고 사방이 더 밝아오자 테스의 얼굴은 보통 여자의 얼굴이 되었다. 그녀는 행복을 베풀어주는 여신의 모습에서 행복을 원하는 보통 인간의 모습으로 변모한 것이다.

그들은 목초지로 들어섰다. 여기저기 젖소들이 누워 있던 흔적이 있었다. 둘은 젖소 발자국을 따라 걸었다. 그들은 젖소를 발견하면 마당으로 끌고 가던가 아니면 바로 그 자리에서 젖을 짰다. 그러면 테스는 이 세상 풍파를 헤치고 제 갈 길을 가야만 하는 어여쁜 젖 짜는 처녀의 모습으로 되돌아갔다.

그들은 젖을 짠 후, 클릭 부인이 준비한 아침을 먹으려고 집 안으로 들어갔다.

제3장

해가 길어지면 새벽부터 젖을 짜야 했기에 모든 사람들이 고단했다. 그래서 모든 사람들이 해질 무렵이 되면 일찍 잠자리에 들었다.

어느 날 테스는 유난히 피곤해서 함께 방을 쓰는 세 처녀보다 먼저 방에 들어가서 꾸벅꾸벅 졸고 있었다. 졸다가 잠시 눈을 뜨니 친구들이 들어와서 옷을 벗는 모습이 어렴풋이 보였다. 또다시 졸음이 밀려왔으나 친구들의 이야기 소리에 눈을 뜨고 그들을 물끄러미 건너다보았다.

그녀들은 잠옷으로 갈아입은 채 창가에 앉아 이야기를 나누고 있었다. 그녀들은 아직 뜰에 있는 한 남자를 내려다보며 이야기를 하는 중이었다.

"아이, 밀지 마. 거기서도 잘 보이잖아." 그중 가장 어린, 갈색 머리의 레티가 하는 말이었다.

그러자 그중 가장 나이가 들고 쾌활한 마리안이 익살스럽게 말했다.

"레티, 너나 나나 아무리 그 사람을 좋아한들 별 수 있니?"

"저 봐, 또 나오셨어." 까만 머리에 파르스름한 얼굴빛의 이즈가 야무진 입으로 말했다.

"말 안 해도 난 다 알아." 레티가 이즈에게 말했다.

"뭘 안다는 거니?"

"그이 그림자가 벽에 비치자 거기 입을 맞추었지? 내가 다 봤어."

이즈의 얼굴이 빨개졌다.

"그게 뭐 어때서? 나만 그이를 사랑하는 게 아니잖아. 너희들 모두 그이를 사랑하는 거 다 알고 있어."

그러자 둘은 누가 뭐라고 하건 아랑곳없다는 듯 '누가 아니래나?' 하는 표정을 지었다.

그러자 이즈가 말했다.

"하지만 다 소용없어. 그이는 테스만 좋아하는걸."

그러자 레티가 목소리를 낮추어 말했다.

"하지만 테스는 그이를 조금도 마음에 두고 있는 것 같지가 않아."

그러자 이즈가 혀를 차며 말했다.

"바보 같은 짓들 하지 말자. 어차피 우리들 중 그 누구도, 또 테스도 그이랑은 결혼할 수 없잖아. 점잖은 집안 도련님이니, 장차 큰 지주가 되던지 외국에서 큰 농장을 경영하게 되겠지. 기껏해야, 1년에 며칠씩 와서 농장 일이나 도와달라면 다행이겠지……."

셋이 한숨을 내쉬자, 침상에 누워 있던 테스도 덩달아 한숨을 내쉬었다.

그날 테스는 한숨도 잠을 이루지 못했다. 그들이 무심코 나눈 그 이야기는 테스가 다시 한번 삼켜야만 하는 쓰디쓴 알약이었다. '그래, 아무리 뭐라고 해도 그 사람은 결국 자기 신분에 걸맞은 귀부인과 결혼할 사람이야. 게다가 내 처지를 생각해봐. 양심을 속이지 않는 한 어느 사나이에게도 결혼을 허락할 수 없다고 결심했잖아. 다시는 그따위 유혹에 빠지지 않겠다고 하느님께 맹세하듯 다짐했잖아. 그런 내가, 이곳에 있는 동안 그의 다정한 눈길을 받아보겠다고, 이 순박한 친구들에게서 그를 빼앗을 수 있어? 그건 도저히 안 될 말이야.'

그날 이후로 테스는 사내를 피하려고 무척 애를 썼다. 어쩌다 그와 마주쳐도 그전처럼 그와 오래 함께 있지 않았다. 그녀는 모든 기회를 세 처녀에게 양보했다.

그녀는 세 처녀의 이야기를 듣고 그녀들이 그에게 순정을 바치고 있음을 이해했다. 그리고 그녀들의 순정이 조금도 티끌 없이 깨끗하다는 것을 인정했다. 자기보다 그녀들에게 그를 사랑할 권리가 있음을 인정했다.

어느덧 7월이 되었다. 무거운 공기가 농장을 뒤덮어 온통 나른하게 만들고 있었다. 무더운 수증기 같은 비가 지루하게 내려, 젖소들이 먹는 목초가 한결 무성해졌다.

일요일 아침이었다. 젖 짜는 일도 끝나고 제집에서 오고 가는 일꾼들은 모두 집으로 돌아가고 없었다. 테스와 세 처녀들은 방에서 몸단장을 하고 있었다. 그녀들은 목장에서 5킬로미터 정도 떨어진 곳에 있는 멜스톡 교회에 가기로 약속이 되어 있었다. 테스가 톨버세이즈로 온 지도 두 달이 지났지만 멀리 나들이 가는 건 이번이 처음이었다.

어제 낮부터 밤까지 뇌우가 휘몰아쳐서 건초 더미가 강물에 떠내려가기도 했지만 아침에는 다행히 날이 화창하게 개어 있었다.

처녀들은 흥겨운 마음으로 길을 나서서 구불구불한 길을 걸어갔다. 그런데 그녀들이 분지 가장 낮은 곳에 있는 길에 이르렀을 때였다. 약 50미터 정도의 길이 구두 위까지 넘칠 정도로 물속에 잠겨 있었다. 보통 때라면 장화를 철썩거리며 쉽게 건널 수 있었을 것이다. 하지만 그날은 모두 흰 양말에 구두를 신고 있었으며, 분홍빛과 흰빛의 겉옷들을 입고 있었다. 흙탕물이 옷에 튀면 당장 표시가 날 판이었다.

모두들 어쩔 줄 몰라 발만 동동 구르고 있었다. 그때였다. 신작로가 굽이치는 곳에서 철꺽철꺽하는 장화 소리가 들리더니 물속에 잠긴 길을 걸어오는 엔젤 클레어의 모습이 보였다. 네 처녀의 가슴이 동시에 설레었다.

클레어는 안식일 따위는 염두에도 두지 않은 듯 장화를 신고 낫을 든 일꾼 차림이었다. 그는 지난 비에 건초 피해가 얼마나 되는지 알아보려고 나왔다가 길 한복판에 서 있는 처녀들 모습을 보고 도와주려고 가까이 온 것이었다.

처녀들 가까이 온 그가 맨 앞에 있던 마리안에게 물었다.

"교회에 가시는 길이지요?"

"네, 그런데 이렇게 길이 막혀서 어쩌지요?"

"내가 네 분 다 건너드리지요. 자, 두 팔을 내 어깨에 감고 꼭 매달려요."

이윽고 그는 제일 먼저 마리안을 품에 안고 성큼성큼 물길을 건너갔다. 이어서 그는 이즈와 레티의 순으로 처녀들을 건너주었다. 엔젤은 레티를 두 팔로 안으며 테스에게 '이제 곧 당신과 내가 단둘이 있게 될 순서가 온다오'라고 말하는 듯한 눈길을 보냈다. 테스의 얼굴 위에 그 말을 알아들은 듯한 기색이 떠올랐다.

이윽고 엔젤이 레티를 건너 주고 돌아와 테스를 안으려 했다. 그의 품에 안긴다는 생각에 가슴이 울렁거려 어찌할 바를 모르던 테스는 막상 그가 두 팔을 벌리자 딴청을 부렸다.

"저는 저 둑 위로 올라가서 갈 수 있을 것 같아요."

하지만 말만 그렇게 했을 뿐 그녀의 두 팔은 이미 그의 목에 감겨 있었고 그의 어깨에 얼굴을 기대고 있었다.

"당신을 업으려고 세 사람을 건네 준 셈입니다." 그녀의 귀에 대고 그가 속삭였다.

그녀는 아무 대답도 할 수 없었다. 테스의 두 볼은 사내의 입김으로 화끈 달아올랐다. 테스는 가슴이 터질 듯 흥분해서 그의 얼굴을 바라볼 수 없었다.

마른 땅에 닿자 사내는 테스를 내려놓았다. 세 처녀들은 눈이 휘둥그레져서 둘을 바라보고 있었다. 사내는 네 처녀에게 인사를 한 후 철벅철벅 다시 길을 되돌아갔다.

네 처녀는 말없이 길을 재촉했다. 그런데 갑자기 마리안이 그 침묵을 깼다.

"그래, 그분은 테스만을 좋아해. 그 눈빛만 봐도 알아. 테스, 네가 조금이라도 눈치를 보였으면 네게 키스를 했을 거야."

"괜히 실없는 소리 하지 마." 테스가 눈을 흘기며 말했다.

집을 떠날 때의 즐거운 분위기는 어쩐지 깨진 것 같았다. 하지만 그들 사이에 질투심이나, 증오심, 악감 같은 것이 생긴 것은 아니었다. 그녀들은 모두 마음이 너그러운 젊은 처녀들이었다. 게다가 산간 지방에서 자란 처녀들답게 모든 것을 팔자소관으로 돌릴 줄도 알았다. 자기네들이 좋아하는 사람을 테스에게 빼앗긴다 하더라도 모든 걸 팔자라고 가볍게 치부해버릴 줄 아는 사람들이었다.

그날 밤 테스는 세 처녀에게 자기는 그녀들에게서 클레어를 빼앗을 생각이 전혀 없다고 말했다. 그리고 자신도 결코 그와 결혼할 수 없는 처지라고 말했다. 그러자 셋은 곧 의기투합했다.

"그래, 테스나 우리나 그와 결혼할 수 없는 건 마찬가지야. 우리 모두 전처럼 다정하게 지내도록 해." 레티의 말이었다.

테스의 말은 진심이었다. 테스는 자신에게 호의를 베푸는 클레어의 눈길 속에 성실한 깊은 뜻이 숨어 있으리라는 어리석은 기대는 결코 하지 않으리라고 다짐하고 또 다짐했다. 그녀는 그의 태도가 그녀의 미모에 이끌린 여름철 한동안의 사랑이리라고 생각했다. 그 생각을 하면서 그녀는 슬펐다.

하지만 그보다 더 슬픈 사실이 있었다. 클레어가 선택한 자기 자신이, 다른 세 처녀보다 아름답고 영리한 자기가, 그가 물리친 그 세 처녀들보다 그의 사랑을 받을 자격이 더 없다는 바로 그 사실이었다.

장마철이 끝난 뒤 건조한 계절이 되었다. 날이 더워서 사람들은 목초지 그늘에서 소젖을 짰다.

무더운 어느 날 한낮이었다. 아직 젖을 짜지 않은 소 네 마리가 우연히 다른 소들과 떨어져서 산울타리 근처에 있었다. 모두 유달리 테스의 손길을 좋아하는 젖소들이었다. 테스는 그중 한 젖소에 매달려 젖을 짜기 시작했다. 하지만 테스가 모르고 있는 것이 있었다. 어느새 그 뒤를 따라온 클레어가 그녀가 젖을 짜는 모습을 지켜보고 있었던 것이다.

클레어는 열심히 젖을 짜고 있는 테스의 모습이 너무나 사랑스러웠다. 이제 그 여인의 얼굴에 여신의 모습은 조금도 남아 있지 않았다. 그녀는 활기와 온기를 지닌, 현실적이고 구체적인 존재였다. 그중 가장 사랑스러운 것이 바로 그녀의 입매였다. 이제까지 그처럼 표정이 풍부하고 깊이가 있는 눈은 본 적이 있는지도 모른다. 그 예쁜 뺨이나 활 모양의 눈썹, 아름다운 턱이나 목덜미도 그전에 본 적이 있는지도 모른다.

그러나 그렇게 아름다운 입매는 결코 본 적이 없었다. 조금이라도 정열을 지닌 젊은이라면 새빨간 윗입술 한가운데가 조금 위로 쳐들린 듯한 그 모습에 미칠 듯 매혹되지 않을 수 없으리라! 그는 넋이 나가서 그녀를 바라보고 있었다.

그제야 테스는 클레어가 자기를 바라보고 있음을 눈치챘다. 클레어에게서 꿈꾸는 듯한 눈길은 곧 자취를 감추었지만 마치 하늘이 베풀어준 것 같은 흥분은 좀처럼 가라앉지 않았다. 그는 불현듯 자리를 박차고 일어나더니 단숨에 테스에게 달려가서 그녀 앞에 무릎을 꿇고 그녀를 꼭 껴안았다.

너무도 급작스러운 일이라서 테스는 무슨 생각할 겨를도 없이 그대로 사내 품에 안기고 말았다. 자기를 껴안은 사내가 바로 클레어임을 안 순간 그녀는 기쁨을 이기지 못하고 그의 품에 그대로 쓰러졌다.

하마터면 클레어는 너무나 매혹적인 그 입술에 키스를 할 뻔했다. 하지만 그는 절제된 양심으로 욕망을 억눌렀다.

그가 외치듯이 말했다.

"용서하오, 테스! 용서해줘요. 나는 내가 무슨 짓을 하는지도 몰랐다오. 아아, 이건 정말 장난이 아니라오. 테스, 진정 당신을 사랑하오, 진정으로!"

테스는 사나이에게서 살며시 몸을 빼며 자리에서 일어났다. 클레어는 여전히 그녀를 품에 안은 채, 함께 일어났다. 테스의 두 눈에 눈물이 그득 고여 있었다.

"울긴 왜 울어요?" 사내가 물었다.

"모르겠어요. 저도 정말 모르겠어요."

잠시 후 두 사람은 정신을 차리고 다시 젖을 짜기 시작했다. 두 사람이 한데 엉켰었다는 사실은 아무도 몰랐다. 겉으로는 변한 것이 아무것도 없는 것 같았다.

하지만 두 사람의 내부에는 지구의 축이라도 바뀐 것 같은 큰 변화가 일어났다. 현실적인 그 어떤 장애도 하찮게 여길 만한 섭리가 작용한 것이다. 드디어 장막은 제거되었다. 두 사람 앞에 새로운 지평선이 나타난 것이다. 그것이 잠시인지 아니면 영원할 것인지는 두고 봐야 알겠지만……

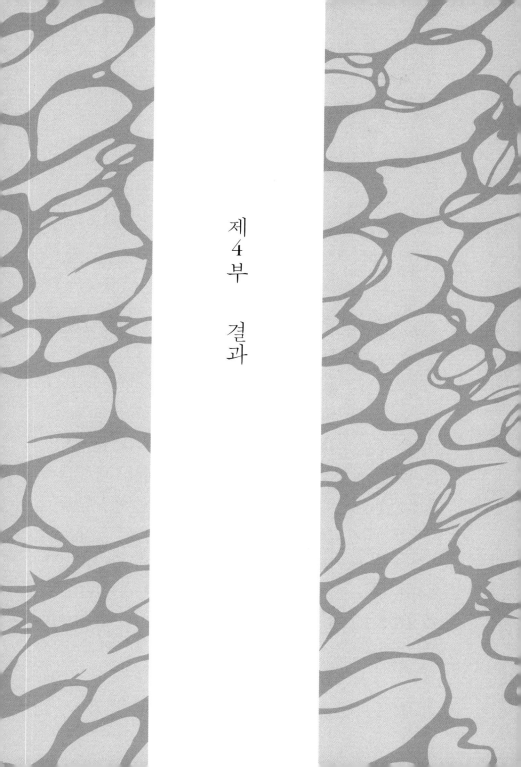

제 4 부   결과

제1장

밤이 되자 클레어는 초조한 마음에 제 방에서 나와 밖으로 나갔다. 밤이었지만 낮처럼 무더웠다.

세 시간 전에 벌어진 일! 그가 평소에는 생각지도 않던 뜻밖의 일이 벌어진 것이었다. 그는 마음이 좀처럼 진정되지 않았다. 평소에도 곰곰이 생각에 잠기는 버릇이 있었던 그는 생각을 가다듬으려고 밖으로 나온 것이었다. 그는 자신과 테스와의 관계가 어떤 것인지, 다른 이들 앞에서 과연 둘이 어떻게 처신해야 할 것인지, 도무지 갈피를 잡을 수 없었다.

그는 애당초 이곳에 견습생으로 들어오면서 이곳에서의 생활이란 자기 인생에서 그저 바람처럼 지나가버리는 한순간으로 생각했다. 그런데 바로 이곳에서 그가 단 한 번도 겪어보지 못했던 신기한 사건이 벌어지고 말았던 것이다. 그 사건은 마치 화산이 폭발한 것과 같은 위력을 지니고 있었다.

그가 무심코 보아 넘겼던 목장의 건물은 이제 그에게 "여기 머물러라!"라고 속삭이고 있었다. 창문은 그에게 미소를 보내고 있었고 문짝들은 그에게 달콤한 유혹의 말들을 건네고 있었으며 담쟁이덩굴들은 마치 그의 마음에 물든 듯 얼굴을 붉히고 있었다. 건물의 벽돌로부터, 이 땅을 굽어보는 저 하늘까지 온통 정열에 사로잡혀 숨 가쁘게 타오르고 있었다. 이 세상 모든 만물들을 변화시킨 그 위대한 존재란 도대체 누구란 말인가? 그것은 바로 젖을 짜는 한 명의 여인이었다.

그는 진지했다. 그녀는 하찮은 시골에서 만난 하찮은 여자가 아니었다. 그녀는 데리고 놀다가 싫증 나면 버리는 장난감 같은 존재가 아니었다. 마치 우주 자체가 그녀가 태어난 날부터 존재하기 시작한 것 같은 위대한 존재였다. 하지만 바로 그 사실 때문에 그는 함부로 처신할 수 없었다. 그녀는 위대한 존재였기에 두려운 존재이기도 했다. 아아, 앞으로 어찌 될 것인가? 그는 두려움에 당분간 그녀를 가까이하지 않기로 했다.

하지만 그 결심을 실행하는 것은 쉽지 않은 일이었다. 매 순간, 심장이 뛸 때마다 그녀에게 이끌리는 마음을 어쩌란 말인가! 그는 당분간 이곳을 떠나 있기로 작정하고 어느 날 아침 주인에게만 말한 후 톨버세이즈 목장을 나섰다.

길을 가면서 그는 곰곰이 생각에 잠겼다.

나는 테스를 사랑한다. 그렇다면 당연히 그녀와 결혼해야 하는 것 아닌가? 그러나 그녀와 결혼을 하겠다고 하면 부모님은 어떻게 생각하실 것인가? 아니, 결혼 후 한두 해가 지난 후 자기 자신은 어떤 생각을 하고 있을 것인가? 자기에게 싹튼 이 사랑이 일시적인 연정에 불과한 것인가, 아니면 영원한 사랑인가? 그는 갈피를 잡을 수 없었다.

집으로 들어가기 전에 그는 교회 쪽으로 눈길을 돌렸다. 열두 살부터 열대여섯 살 정도 되는 여자아이들이 모여서 누군가를 기다리고 있는 것이 눈에 띄었다. 잠시 후 그들이 기다리고 있던 사람이 나타났다. 그들보다 조금 나이가 많은 여자였으며, 챙이 넓은 모자를 쓰고 손에는 두세 권의 책을 들고 있었다.

클레어가 잘 아는 여자였다. 아니, 잘 아는 정도가 아니라 그와 깊은 관련이 있는 여자였다. 그는 그녀가 자기를 못 보았으면 했다. 마주치고 인사하기가 싫었던 것이다. 그녀의 이름은 머시 챈트였다. 엔젤의 아버지 이웃 친구의 외동딸로서, 부모님은 엔젤이 그녀와 결혼하기를 은근히 바라고 있었다. 그녀는 신앙심이 깊은 처녀로서 마침 성경 강의에 나가는 중이었다. 하지만 엔젤 클레어의 마음은 이미 장미꽃처럼 붉은 뺨에 젖소 똥을 군데군데 묻힌, 정열에 불타는 한 여인을 향하고 있었다.

집 안으로 들어가니 가족들은 아침 식사를 하고 있었다. 갑자기 나타난 그의 모습을 보자 모두들 벌떡 일어나 그를 반갑게 맞아주었다. 큰형인 필릭스는 이웃 마을 교회의 보좌 목사로 있었으며 2주의 휴가를 맞아 집에 와 있었고 케임브리지대학의 학감으로 있는 작은형 카스버트도 집에 와 있었다. 올해 예순다섯 살인 아버지 제임스 클레어 노인은 언제나 그렇듯이 믿음이 두터운 진지한 모습이었다. 두 형들은 효성이 지극해서 틈만 나면 꼬박꼬박 부모님을 찾아뵙곤 했다.

엔젤의 모습을 본 가족들은 너무도 변한 그의 모습을 보고 놀랐다. 차림새는 물론이고 태도도 이전과 달랐다. 한마디로 의심할 여지가 없는 농사꾼이 되어버린 것이다. 점잖은 사람들이 보았다면 교양이 없어졌다고 했을 것이고 숙녀가 보았다면 천박해졌다고 했을 것이다. 톨버세이즈 목장에서 젊은 남녀 일꾼들과 지내면서 그는 자신도 모르는 새 그들의 모습을 닮게 되었던 것이다.

아침 식사를 마친 후 그는 두 형과 함께 산책을 나갔다. 형들은 흠잡을 데 없이 모범적인 사람들이었다. 둘 다 근시여서 안경을 쓰고 있었다. 그들의 눈에는 엔젤이 그들로부터 너무 멀어진 존재처럼 보였지만 엔젤의 눈에 그들은 지적인 사고 능력을 잃은 사람들로 보였다. 그에게 필릭스는 교회의 화신으로 보였고 카스버트는 학교의 화신으로 보였다. 큰형에게는 그가 감독하는 교구의 종교 회의가 이 세상 전부였고 작은형에게는 케임브리지 대학이 세계의 중심이었다. 엔젤에게는 그들이 좁은 세계에 갇혀 있는 사람들로 보였다.

그들과 이런저런 이야기를 나누면서 엔젤은, 두 형이 자기보다 유리한 지위를 누리고 있다 하더라도 그중 누구도 인생의 참모습은 파악하지 못하고 있다고 생각했다. 그들은 그들이 소중하게 간직하고 있는 그 조용하고 안온한 세계 밖에서 작용하고 있는 복잡한 힘에 대해서는 아무것도 모르고 있다고 생각했다. 그들은 이 세상을 지배하는 보편적인 진리를 모르는 채 부분적인 진리에 사로잡혀 있는 것 같았다. 그래서 형들이 꼭 그렇게 농사를 지어야만 하겠느냐고 그에게 물었을 때, 엔젤은 그들에게 설득력 있게 설명할 수 없었다. 그가 아무리 자세히 설명을 해주더라도 그들은 그의 말을 이해할 수 없었을 것이다.

저녁 식사가 끝나자 엔젤은 겨우 기회를 잡아 마음속에 담아 두었던 이야기를 아버지께 꺼낼 수 있었다. 예배가 끝나자 어머니와 두 형이 자리를 비웠고 아버지와 단둘이 있게 된 것이었다.

엔젤은 아버지에게 영국 내에서건 식민지에서건 커다란 농장을 경영할 계획이라는 자신의 포부를 말씀드렸다. 그런데 아버지가 뜻밖의 대답을 했다.

"재산에 관한 한 몇 해 후면 네가 형들보다 훨씬 많아질지도 모르지."

아버지는 신앙심이 깊은 노인이었지만 말 그대로 완고한 사람은 아니었다. 노인은 막내아들이 자신을 케임브리지대학에 보내지 않았기에 푸대접을 받았다고 생각할 것이 두려웠다. 그래서 그는 해마다 약간의 돈을 저축해서 아들이 장차 땅을 사는 데 보탬을 주려고 생각하고 있었다. 그는 아들의 뜻을 꺾을 수 없다고 생각하고 있었던 것이다.

아버지의 뜻밖의 대답에 용기를 얻은 엔젤은 정말 하고 싶던 이야기를 꺼냈다.

"아버지, 농부로서 검소하고 부지런하게 살아갈 제게 어떤 아내가 적합하다고 생각하시나요?"

"참다운 기독교 신자라면 네가 밖에 있을 때나 집에 있을 때나 너를 도와주고 위로해줄 수 있을 거다. 그 밖의 것은 별로 중요하지 않아. 지금이라도 적당한 여자를 구하려면 구할 수 있지."

그러더니 아버지는 이웃 챈트 박사의 딸 머시 양 이야기를 꺼냈다. 그러자 엔젤이 말했다.

"하지만 아버지, 농부의 아내라면 젖도 짜고 버터나 치즈를 만들 줄 아는 여자라야 하지 않을까요? 암탉이나 칠면조도 돌볼 줄 알고, 일꾼들도 거느릴 줄 아는 여자라야 하지 않을까요? 양이나 송아지 값도 제법 매길 줄 아는 여자라야 하지 않을까요?"

클레어 노인은 미처 그 생각은 하지 못했던 것 같았다.

"하긴 그렇기도 하구나. 정말 그랬으면 좋겠다."

엔젤은 좋은 기회라고 생각하고 그럴싸한 이야기를 늘어놓았다.

그는 농부의 아내로서 온갖 자격을 지닌 진실한 여인이 나타났다고 아버지에게 말했다. 그는 아버지를 설득하기 위해 그건 마치 운명 같은 것이고 신의 뜻 같기도 하다고 말했다. 그리고 그녀가 얼마나 정직하고 영리한지, 얼마나 신앙심이 깊은지, 얼마나 아름다운지 길게 늘어놓았다.

그때 슬며시 방으로 들어와 부자 간의 대화를 듣고 있던 어머니가 말했다.

"그런데 그 처녀가 네가 결혼할 만한 가문 출신인지 궁금하구나. 한마디로 숙녀냐 이 말이다."

"물론 그 처녀는 세상에서 흔히 말하는 숙녀는 아닙니다. 하지만 전 자랑스럽게 말씀드릴 수 있어요. 그녀는 농부의 딸입니다. 하지만 마음씨나 성품은 두말할 필요 없는 숙녀입니다."

"머시 챈트야말로 정말 훌륭한 가문의 처녀인데……." 어머니가 말끝을 흐리며 대답했다.

"어머니, 그런 게 다 무슨 필요 있나요? 저처럼 앞으로 거친 일을 하면서 살아갈 사람에게 가문이 무슨 소용 있어요? 오히려 거추장스러울 뿐이지……."

그러나 어머니는 물러서지 않았다.

"머시 양은 교양이 있는 여자야." 어머니는 은테 안경 너머로 아들을 건너다보며 말했다.

"어머니, 제가 앞으로 할 일에 교양이 무슨 도움이 되겠어요? 그리고 그게 필요하면 제가 책을 읽혀주고 가르쳐주면 되지요. 어머니, 그녀는 거의 매주 일요일마다 교회에 나가는 기독교 신자예요."

그의 말에 그의 부모는 어쨌든 그것만은 좋은 점이라고 생각하기 시작했다. 하지만 부모를 설득하면서 엔젤은 조금 꺼림직했다. 부모에게 거짓말을 하고 있다는 양심의 가책을 느껴서가 아니었다. 그녀가 테스를 사랑하는 것은 그녀가 젖 짜는 솜씨가 좋다거나, 교양을 쌓을 만한 능력이 있다거나 교회에 열심히 다니기 때문이 아니었다. 그가 사랑하는 것은 그녀 자신이었고, 그녀의 영혼이요, 그녀의 마음이요, 그녀의 본질 그 자체였지, 그런 부수적인 조건 때문에 그녀를 사랑하는 것은 아니었다. 그런 겉치레가 없는 그녀의 모습이 오히려 그를 사로잡은 것 아니었던가!

그가 출발하는 날 아침 어머니는 샌드위치를 만들어주었고 아버지는 암말을 타고 큰길까지 바래다주었다. 엔젤은 자기 목표를 어느 정도 이루었다고 생각하고 기분이 매우 좋았다. 그는 테스에 대해 더 이상 길게 이야기를 늘어놓지 않기로 작정하고 아버지의 말에 귀를 기울였다. 아버지는 교구 일이 힘들다는 것, 자기가 아끼는 동료 목사들이 칼뱅파 교리에 물들어 자신이 너무 엄격하게 성경을 해석한다고 비판해서 안타깝다는 내용이었다.

그러면서 아버지는 자신이 옳다는 것을 증명하기 위해 아버지가 실제로 겪었던 경험담을 이야기하기 시작했다. 자기의 도움으로 올바른 길을 가게 된 사람들 이야기가 주를 이루었지만 개중에는 실패담도 있었다.

아버지는 실패담 중의 한 예로 그곳에서 60킬로미터 정도 떨어진 트란트릿지에 사는 더버빌이라는 벼락부자 이야기를 꺼냈다. 아버지가 더버빌에 대해 언급하자 아들이 아는 체를 했다.

"더버빌가라고요? 킹즈비어 등에 영지를 소유했던 몰락한 가문 말인가요?"

"이름만 더버빌이지 진짜가 아니야. 더버빌가는 60년 전인지, 80년 전인지 완전히 몰락했지. 지금 말하는 가문은 그 진짜 가문의 후손이 아니야. 이름만 따서 쓰는 벼락부자 집안이지."

아버지는 이야기를 계속했다.

"선친이 죽은 뒤로 그 아들이 눈이 먼 노모와 살고 있었지. 그런데 천하의 바람둥이로 소문이 나 있었단다. 마침 내가 그곳에 갈 기회가 있어서 그 더버빌이란 젊은이를 만나서 설교를 해주었지. 그런데 내 설교를 받아들이기는커녕 마구 대들더구나. 천하에 그런 몹쓸 친구도 드물어. 하지만 언제고 개심해서 하느님 품으로 돌아오겠지."

엔젤은 아버지가 좀 독선적이기는 해도, 아버지의 영웅적인 실천의 노력은 존경받아 마땅하다고 생각했다. 게다가 아버지는 자기가 마음에 둔 여자가 가난한지 부자인지도 물어보지 않았다. 그는 삶에 대한 자신의 생각이 아버지와 다르긴 해도, 인간적인 면에서는 어느 형들보다 자신이 아버지와 가깝다는 생각을 했다.

제2장

그날 오후에 이르러 엔젤은 톨버세이즈 목장이 내려다보이는 언덕에 도착했다. 이미 이곳 생활에 낯이 익을 대로 익은 그는 낙농장 여기저기 흩어져 풀을 뜯고 있는 젖소들의 이름을 하나하나 알 수 있을 정도였다. 잠시 고향에 갔다가 이곳으로 돌아오니 마치 몸에 감고 있던 붕대 같은 것을 풀어버린 듯 홀가분했다. 목장에는 사람들이 없었다. 여름이면 사람들이 새벽에 일찍 일어났기에 점심 식사 후 모두 낮잠을 잤다.

그는 말에서 내려 집 안으로 들어갔다. 시계가 오후 3시를 알렸다. 우유에서 크림을 걷어내는 시간이었다. 그는 자신도 모르게 테스의 방 쪽을 향했다. 잠시 후 머리 위에서 마룻바닥이 삐걱거리는 소리가 들리더니 누군가 계단을 내려오는 소리가 들렸다. 분명 테스의 발자국 소리려니 생각하고 있는데 그의 눈앞에 그녀가 나타났다.

그를 보자 수줍음과 놀라움이 뒤섞인 표정으로 그녀가 외쳤다.

"어머나, 클레어 씨! 이렇게 갑자기! 정말 놀랐어요!"

클레어가 사랑을 고백한 이후, 테스는 둘의 사이가 달라졌다는 것을 미처 의식하지 못하고 있었다. 하지만 계단 아래에서 그녀 쪽으로 다가오는 그의 다정한 모습을 보는 순간, 그녀의 얼굴에는 둘 사이가 전과 달라졌음을 확연히 보여주는 표정이 저절로 떠올랐다.

"정말 보고 싶었소, 테스……."

그는 테스의 허리를 두 팔로 감고 상기된 그녀의 뺨에 자신의 얼굴을 비비면서 말했다.

"그리고 이제 제발 그 '씨' 자 좀 붙이지 말아요. 그냥 엔젤이라고 불러요."

"전 이제 크림을 걷으러 가야 해요. 오늘은 도와주실 분이 뎁 할머니밖에 없어요."

"아니, 오늘은 내가 도와주겠소."

그때 층계 위에 데보라 할멈이 나타났다.

"데보라, 나 이제 다녀왔어요. 오늘 크림 걷는 건 내가 도와줄 테니, 당신은 쉬도록 해요."

아마, 그날 오후 톨버세이즈 목장의 우유는 크림이 말끔히 걷히지 못했을 것이다. 꿈속에 잠긴 듯한 테스에게는 주변 사물들의 위치는 눈에 들어왔지만 그것들의 윤곽이 또렷이 보이지 않았던 것이다. 클레어의 열정에 찬 애정 때문에 테스의 손은 사정없이 떨렸다.

그는 조용히 말문을 열었다.

"언제고 해야 할 말이니 지금 해야겠어. 전에 당신을 포옹한 후에 내 머리에서 떠나지 않던 생각이오. 난 머지않아 결혼할 생각이오. 나는 농부이니 농사일을 골고루 잘 아는 여자를 아내로 삼아야만 하오. 어떻소. 당신이 그 여자가 될 생각은 없소?"

테스는 너무 괴로운 표정을 지었다. 아아, 이 노릇을 어찌하란 말인가! 그를 사랑하게 되다니! 그의 입에서 결혼 이야기가 나오다니!

그녀는 오장육부가 갈기갈기 찢어지는 고통 속에서 자신이 해야만 하는 소리를 나지막이 중얼거렸다.

"저, 클레어 씨, 저는 당신과 결혼할 수 없어요. 정말로 어림도 없는 일이에요."

그녀는 찢어질 듯 가슴이 아파 고개를 숙였다.

클레어는 테스를 더욱 으스러지게 껴안으며 말했다.

"아니, 테스! 왜 안 된다는 거요? 당신, 나를 사랑하지 않는 구려."

"사랑해요! 사랑하고말고요! 이 몸을 그 누구에겐가 맡겨야 만 한다면 그건 바로 당신이에요. 하지만 전 당신과 결혼할 수 없어요."

클레어는 두 손을 뻗쳐 그녀의 양 어깨를 잡은 채 그녀를 보며 말했다.

"테스, 당신 누군가와 약혼한 모양이구려."

"아니에요, 절대로 아니에요."

"그렇다면 어째서 날 거절하는 거요?"

"그냥 결혼하고 싶지 않아요. 이제까지 결혼은 생각해본 적도 없어요. 그냥 당신을 사랑하며 살고 싶어요."

"아니, 도대체 왜 그러는 거지?"

테스는 할 말이 없었다. 그녀는 겨우 주섬주섬 주워 넘겼다.

"당신 아버님은 목사님이시고 어머님도 저 같은 여자와 결혼하는 건 원하지 않으실 거예요."

"쓸데없는 소리. 이미 두 분께는 귀띔을 해 놓았소. 이번에 집에 다녀온 것도 그 때문이오."

"안 돼요. 아무리 그래도 안 돼요."

클레어는 그 이야기는 그만하기로 했다. 아무리 해도 자신이 너무 급작스럽게 이야기를 꺼내는 바람에 그녀가 당황한 것이라고 생각했다.

테스는 다시 주걱을 우유 통에 넣고 크림 걷는 일을 시작했다. 하지만 제대로 일을 할 수 없었다. 그녀의 눈에는 아무것도 보이지 않았다. 슬픔으로 두 눈에 눈물이 글썽했기 때문이었다. 아아, 그런데 자신이 왜 그렇게 슬퍼하는지, 지금 자기와 가장 가까운 사람에게 밝힐 수 없다니!

클레어는 테스를 진정시키려고 집에 가서 있었던 일들을 차분하게 이야기해주기 시작했다. 차츰 테스의 흥분도 가라앉았다.

클레어는 테스에게 자기 아버지에 대한 이야기를 시작했다. 그리고 아버지가 사람들의 잘못을 바로잡기 위해 얼마나 헌신적인지 이야기하면서 트란트릿지에서 아버지가 최근에 젊은 녀석에게 당한 봉변에 대한 이야기를 꺼냈다.

"정말 형편없는 녀석인가 보오. 하긴 생판 모르는 녀석 일에 끼어들어 충고를 해주신 아버지도 어찌 보면 어리석은 짓일 수 있지요. 나는 이제 아버지가 그런 일로 건강을 해치시거나 마음 상하시는 일이 없었으면 좋겠어요. 그런 돼지만도 못한 놈

은 시궁창에서 제멋대로 뒹굴든지 말든지 내버려두는 게 상책
인데……."

그가 이야기를 하는 동안 테스의 표정이 굳어졌다. 클레어는
그 이야기를 하면서 진심으로 아버지를 걱정하는 마음에 젖어
있었기에 그녀의 표정 변화를 눈여겨보지 않았다.

테스가 뜻밖에도 청혼을 거절했지만 클레어는 풀이 죽지는
않았다. 그는 여자란 결혼을 승낙하기 전에 으레 거절하기 마
련이라는 것 정도는 알 만한 경험과 상식이 있었다. 하지만 테
스의 거절이 단순히 부끄러워서 그러는 것이 아님을 알아챌 만
한 정도의 경험은 없었다. 그는 테스가 자신의 사랑을 받아들
였음을 확신했다. 그리고 그녀가 체면상 거절하는 것으로 생각
했다.

하지만 이곳 시골 여자들의 삶과 행동은 그가 알고 있던 여
자들과 달랐다. 그가 알고 있던 야심 많은 여자들은 진솔한 정
열보다는 버젓한 집안을 꾸린다는 생각이 앞서는 법이었다. 그
래서 마음속 정열보다는 체면을 더 중시했다. 하지만 이곳 여
자들은 일단 사랑을 고백하면, 그 사랑 자체에 온몸을 맡겼다.
엔젤은 그런 것을 몰랐기에 테스가 자신의 청혼을 받아들이지

않는 이유가 단순한 수줍음이나 체면 때문이 아니라는 것을 알 수 없었다.

테스의 번민은 그녀에게 너무 가혹했다. 테스의 마음은 이미 그에게 쏠리고 있었다. 그러나 그를 사랑하기에, 바로 그 때문에 더욱 괴로웠다. 그녀는 양심을 저버릴 수 없었다. 테스는 무슨 수를 써서라도 이곳 톨버세이즈 목장을 찾아올 때의 결심을 굳게 지켜나가리라고 다짐하고 또 다짐했다.

그렇게 고통스러운 가운데 2~3일이 흘러갔다. 테스가 살아오면서 그녀의 내부에 이토록 크나큰 기쁨과 고통이 함께 했던 적은 없었다.

그러던 어느 날 또 둘이 함께 치즈를 만드는 일을 하게 되었다. 9월 초순이라서 아직 공기는 무더웠다. 클레어는 묽게 굳어가는 우유 덩어리에 담근 테스의 팔에 입을 맞추며 한탄하듯 말했다.

"아아, 테스! 어째서 나를 이렇게 애태우는지 난 정말 모르겠소. 어째서 내 아내가 되어달라는 내 간절한 소원을 받아들이지 않는 거요? 당신은 나를 사랑하지 않는 거요?"

"제가 당신을 싫어한다고 말한 적이 있나요? 전 그런 말을 할 수는 없어요. 그건 제 본심이 아니니까요."

그 말을 하면서 테스는 흥분되어 입술이 파르르 떨렸다. 클레어도 흥분되어 그녀를 포옹하면서 격렬하게 부르짖었다.

　"아, 말해줘요. 약속해줘요. 나 이외 그 누구의 것도 되지 않겠다고!"

　마침내 테스도 외쳤다.

　"그래요, 말하겠어요. 제가 왜 그러는지 시원하게 다 말씀드리겠어요. 제 과거를 다 말씀 드리겠어요."

　"당신의 과거를? 무슨 이야기라도 좋아요. 하지만 나하고 어울리지 않는다는 식의 쓸데없는 이야기는 하지 말아요."

　"그래요. 그런 소리 하지 않도록 조심하겠어요. 제 모든 이야기를 일요일에 해드리겠어요."

　말을 마친 테스는 그의 품을 빠져 나와 아무도 없는 버드나무 숲으로 들어가버렸다.

　그곳에서 그녀는 생각했다. 여전히 가슴이 답답할 정도로 괴로웠으나, 그녀는 이미 결혼을 승낙하는 쪽으로 마음이 기울고 있었다. 그녀 마음속 사랑의 정열이 외치고 있었다.

　'왜 그렇게 우유부단하게 구는 거야! 앞뒤 생각하지 말고 그의 청혼을 받아들여. 과거를 밝힐 필요 없잖아. 만일 그가 자신의 과거를 알게 되더라도 그건 그때 일이잖아. 공연히 고뇌라

는 무시무시한 이빨에 물려 고생하지 말고 이 기쁨과 행복을 그대로 받아들여!'

그러나 한편으로는 이런 목소리도 들렸다.

'아아, 그이가 그 이야기를 알게 되면 어떻게 될까? 괴로워서 죽을지도 몰라. 아아, 난 어쩌란 말인가!'

테스는 결국 자기가 지고 말 것을 잘 알고 있었다. 그녀의 과거가 클레어를 향한 사랑을 막을 수는 없다는 것을 그녀는 잘 알고 있었다. 속으로는 여전히 '난 그이의 아내가 될 자격이 없어'라고 되뇌고 있었지만 그 말은 그다지 힘이 없었다. 그녀를 향한 클레어의 태도는 어떤 경우라도 한결같이 테스를 사랑하고 보호해주겠다는 사나이다운 태도였다. 어떤 비난이 있더라도, 또 어떤 사실이 드러난다 하더라도 그 마음에 변함이 없을 것이라는 모습을 보여주었기에, 그와 함께 있을 때면 테스는 불안한 마음이 한결 누그러졌다.

그러나 그럴수록 그녀는 자신의 과거를 감춘 채 그와 결혼하는 것이 죄악처럼 여겨졌다. 그를 사랑하기에, 그의 청혼을 거절할 수 없으리라는 것을 알기에, 그녀의 괴로움은 더 커졌다.

일요일이 되었다. 클레어가 테스에게 말했다.

"자, 이제 결심했소? 당신의 마음이 이제 내 것이라면, 내 청혼을 받아들이지 않을 이유가 없지 않소? 내가 영국 땅이나 외국에서 농장을 경영하게 되면 당신이 내게 얼마나 큰 도움이 될까! 부탁하오, 테스. 당신이 내 앞길에 방해가 된다니, 어쩌니 하는 생각일랑 제발 집어치워요."

"하지만 제 과거를, 과거 이야기를 들어주셔야 해요. 듣고 나시면 마음이 달라지실지도 몰라요."

"꼭 그렇다면 어디 해보시오. 어디서 언제 태어났다, 뭐 그런 이야기겠지."

"전 마롯 마을에서 태어났어요. 어렸을 때는 학교 선생님이 되고 싶었어요. 그런데 집안에 그만 일이 좀 생겨서……. 아버지가 일을 잘 안 하시면서 술을 자주 드셔서……."

"그래요? 가엾어라. 하지만 그런 이야기야 흔히 있는 일 아니오?"

말을 하면서 클레어는 테스를 꼭 껴안았다.

"그리고 그 때문에 제게, 제게…… 정말로 예기치 않았던 일이……."

테스의 숨결이 가빠졌다.

"그래요? 어서 말해봐요."

"저…… 저의 성은 더비필드가 아니라 더버빌이에요. 당신도 아실 거예요. 이 근처에 영지를 지니고 있었던……. 우리 집은 그 후손이에요. 하지만 완전히 몰락해서 이제는 아무것도 가진 게 없어요."

"더버빌 집안이라고요? 아니, 그게 걱정거리란 말이오? 그렇다고 내가 당신을 사랑하지 않을 이유가 되나?"

"전 당신이 오래된 가문을 싫어하신다고 들었거든요."

클레어는 터져 나오는 웃음을 참을 수 없었다.

"하긴 그렇긴 하지. 나는 혈통만 내세우는 귀족주의자들을 싫어하거든. 하지만 당신은 그런 사람이 아니잖아. 그래, 그것 때문에 그렇게 고민했단 말이오?"

테스는 끝내 과거를 밝히지 못했다. 자기 보호 본능이, 그의 사랑을 잃을까 하는 두려움이 과거를 털어놓겠다는 용기보다 강했다.

그러자 클레어가 이어서 말했다.

"사랑하는 테스. 난 지금 당신이 더버빌 가문이라는 사실이 너무 기쁘오. 당신을 보는 세상 사람들 태도가 달라질 테니……. 특히 내 부모님이 기뻐하실 거요. 당신 지금부터 당장 테스 더버빌이라고 말하고 다녀요."

제4부 결과

135

"하지만 저는 지금 이대로가 좋아요."

"아냐, 내 말대로 해야 한다니까. 참, 그 성을 어디선가 들은 적이 있는데……. 그래, 아버지가 만났다던 그 고약한 녀석의 성이 더버빌이었지. 참 기가 막힌 우연의 일치로군. 어쨌든 그런 건 아무 문제가 안 되오. 자, 이제 영원히 내 여자가 되겠소?"

"아아, 내가 당신의 아내가 되는 게 당신을 행복하게 해줄 수 있는 길이라면 그러겠어요. 당신이 진정으로 저와 결혼하고 싶으시다면……."

"그걸 내가 다시 말해야 하겠소?"

"제 말은 당신이 꼭 저라야만 된다고 하신다면……. 저에게 무슨 죄가 있다 하더라도 저 없이는 도저히 살아갈 수 없다고 하신다면……. 그렇다면 저는 당신의 청을 받아들이겠어요."

그는 테스를 으스러져라 껴안고 입을 맞추었다.

"물론이오. 자, 이제 영원히 내 여자가 되겠소?"

"네."

제3장

이튿날 테스는 어머니에게 편지를 썼다. 그러자 바로 답장이 왔다. 테스가 결혼한다는 소식에 너무 기뻐서 어쩔 줄 모르겠다는 내용과 함께 어머니의 신신당부가 서툰 필적으로 적혀 있었다. 과거 이야기를 절대로 털어놓지 말라는 내용이었다.

자기가 이처럼 괴로워하는 일을 아무렇지도 않은 과거사 정도로 여기는 어머니가 야속하기도 했지만 어찌 보면 어머니의 충고가 옳은 것 같기도 했다. 자기가 사랑하는 사람, 존경하는 사람의 행복을 위해서는 입을 다물고 있는 게 나은 일처럼 생각되기도 했다.

'그래, 과거를 버리는 거야. 나를 위해서가 아니라, 그이를 위해서야'라고 그녀는 생각했다.

하지만 결심은 결심일 뿐 다시 클레어를 만나면 그녀는 죄의
식에 시달렸다. 아무리 자신을 합리화하려 해도 양심이 가슴을
찔렀고, 어머니에게 어리석다는 소리를 듣게 되더라도, 또 존경
하고 사랑하는 클레어에게 경멸을 당하는 한이 있더라도, 차라
리 과거사를 고백해야 한다는 생각에 시달렸다.

클레어는 이제 서둘러 결혼 날짜를 잡으려 했다. 하지만 테
스는 섣불리 응할 수 없었다. 11월 초순에 접어들었지만 둘은
결혼 날짜를 잡지 못했다. 클레어가 자주 테스에게 날짜를 정
하자고 재촉했지만 테스는 이런저런 핑계를 대며 날을 잡지 않
았다. 마치 이런 약혼 상태가 영원히 계속되기를 바라는 것 같
았다. 그녀는 자신의 의지에 의해서가 아니라, 오직 시간의 날
개에 몸을 싣고 그냥 앞으로 나아갈 따름이었다.

하지만 언제까지나 미룰 수는 없었다. 드디어 결혼 날짜가
정해졌다. 12월 그믐날이었다. 클레어는 그 사실을 낙농장 주
인 부부에게 알렸다. 하지만 그들은 둘이 결혼하리라는 사실을
이미 눈치를 채고 있었기에 그다지 놀라지는 않았다. 주인은
테스 같은 유능한 일꾼을 잃게 된다는 사실이 못내 섭섭한 것
같았다.

한 가지만 더 말해두자. 클레어를 좋아하던 세 처녀도 그 사

실을 이미 알고 있었다. 그러나 그녀들은 테스를 조금도 질투하거나 미워하지 않았다. 그녀들은 자신들이 그의 선택을 받으리라고는 아예 기대도 하지 않았다고 테스에게 말했다. 테스는 그런 말을 하는 그녀들 앞에서 눈물을 흘렸다.

이윽고 크리스마스 전날이 되었다. 이제 결혼식도 1주일 앞으로 다가왔다. 엔젤 클레어는 결혼식을 올리기 전에 목장에서 좀 먼 곳으로 가서 테스와 단둘이 호젓한 시간을 갖고 싶었다. 결혼하기 전에 서로 사랑하는 애인의 몸으로 낭만적인 하루를 보내고 싶었던 것이다. 그는 테스에게 읍내로 가서 결혼하면 필요하게 될 물건들을 미리 장만해 오자고 말했다.

읍내는 수없이 많은 사람들로 붐볐다. 아름다운 테스는 행복한 표정으로 클레어의 팔에 기대어 사람들 사이를 지나다녔고 자연스레 많은 사람들의 주목을 받았다.

저녁이 되어 그들은 말과 마차를 맡겨 놓았던 여관에 들렀다. 테스는 엔젤이 말과 마차를 끌어내는 걸 보러 간 사이 문간에서 그를 기다리고 있었다. 수많은 사람들이 문을 열고 드나들며 테스를 흘끔흘끔 곁눈질로 훔쳐보았다. 그녀는 그만큼 매혹적이었다.

그런데 어떤 사내 둘이 테스 곁을 지나가다가 그중 한 명이 테스를 눈여겨보았다. 테스는 혹시 트란트릿지에서 온 사람이 아닌가 하고 흠칫 놀랐다. 하긴 그곳은 이곳에서 몇 킬로미터나 떨어진 곳이니, 그곳에서 온 사람은 몹시 드물기는 했다.

두 사내 중 한 명이 말했다.

"정말 참하게 생긴 색시네."

"정말이야. 절세미인이야. 그런데 내가 잘못 본 게 아니라면⋯⋯."

사내는 말끝을 흐렸다. 그 말을 들은 테스는 움찔했다. 순간 마구간에서 돌아오던 클레어가 그 모습을 보았다. 클레어는 그 사내가 테스를 모욕했다고 생각했다. 발끈 화가 치민 클레어는 불문곡직하고 그 사내 턱에 주먹을 날렸다. 사내는 비틀거리며 뒷걸음질을 쳤다.

일순 클레어에게 달려들려던 사내는 마음을 고쳐먹은 듯, 정중하게 클레어에게 말했다. 아마 사태가 더 커지는 것을 피하고 싶어서였을 것이다.

"실례했습니다. 제가 잘못 알아본 모양입니다. 저분을 여기서 60킬로미터 떨어진 곳에 사는 다른 분으로 착각한 것 같습니다."

클레어도 자신이 너무 성급했다는 생각에 그에게 사과했고 사과의 표시로 5실링을 주었다. 사태는 그것으로 마무리되었다. 두 사내는 여관에서 멀어지면서 말을 주고받았다.

"자네, 정말 잘못 본 건가?"

"그럴 리가. 틀림없어. 하지만 그자의 기분을 잡쳐 놓고 싶지 않아서……."

물론 클레어는 그들이 하는 말을 듣지 못했다.

마차를 타고 돌아오면서 테스가 클레어에게 말했다.

"우리들 결혼을 늦출 수는 없을까요?"

클레어가 쓸데없는 소리 말라고 하자 테스는 더 이상 우기지 않았다. 하지만 집으로 돌아오는 동안 그녀의 얼굴은 계속 수심에 잠겨 있었다. 그녀는 이런 생각을 하고 있었다.

'수백 킬로미터 이상 떨어진 먼 곳으로 떠나버려요. 그러면 다시는 그런 일을 당하지 않을 거고, 과거의 유령도 따라오지 않겠지요.'

그날 테스는 좀처럼 잠을 이루지 못했다. 과거를 밝히지 않더라도 그 유령은 언제고 자신을 따라올 것 같았다. 만일 다른 사람의 입을 통해 클레어가 자신의 과거를 알게 된다면? 아아,

그렇게 된다면 그가 얼마나 실망할까? 그래, 내가 직접 그에게 알려줘야 해.

하지만 그녀 입으로 직접 말할 수는 없었다. 그녀는 방법을 생각해 냈다. 그래, 그에게 모든 것을 털어놓는 편지를 보내는 거야. 그 편지를 받고도 나와 결혼을 하겠다고 하면 그는 나의 모든 걸 용서해준 거야. 그래, 그렇게 하는 거야.

테스는 책상에 앉아 모두 넉 장의 편지를 썼다. 그리고 클레어 방까지 몰래 올라가서 문 밑으로 그 편지를 밀어 넣었다.

그날 밤 테스는 밤새 잠을 이루지 못했다. 뜬눈으로 밤을 지새우고 새벽이 왔을 때, 테스는 아래로 내려왔다. 언제나처럼 클레어가 아래에서 기다리고 있었다. 테스를 보자 클레어는 그녀에게 입을 맞추었다. 여느 때와 마찬가지로 뜨거운 입맞춤이었다.

아아, 이이는 나를 용서한 걸까? 내가 지은 죄에도 불구하고 이이는 나를 여전히 사랑하는 것일까? 이이가 도대체 그 편지를 보긴 본 걸까?

이후로도 매일 테스를 대하는 클레어의 태도에는 변함이 없었다. 테스는 그를 향해 한없는 신뢰감을 갖게 되었다.

드디어 섣달그믐 날이 밝았다. 결혼식 날이 된 것이다. 테스의 부모들은 너무 멀리 떨어져 있었기에 결혼식에 초대하지 않았다. 한편 클레어는 부모님께 편지를 보내 자신이 결혼한다는 사실을 알리면서 적어도 한 분이라도 와주시면 기쁘겠다고 적었다. 하지만 형들은 아무 회답이 없었고 부모님은 그렇게 급히, 그것도 젖 짜는 처녀와의 결혼을 서두를 게 뭐 있느냐고, 대단히 섭섭하다는 답을 보내왔다. 하지만 '너도 이제 자신의 일을 잘 알아서 판단할 나이가 되었으니 그냥 내버려두겠다'는 아버지의 글이 덧붙여 있었다.

한편 테스는 자신의 편지를 받아보고도 조금도 변함없는 클레어의 태도에 조금은 놀라고 있었다. 아무리 자신을 용서한다고 해도 그 사실에 대해 입도 뻥끗하지 않다니! 정말 그 편지를 읽어본 걸까?

그녀는 부쩍 의심스러워졌다. 테스는 클레어가 아침 식사를 끝내기 전에 서둘러 식당에서 나와 그의 방으로 올라갔다. 사다리를 통해 그의 방으로 들어간 그녀는 자신이 편지를 밀어 넣었던 문 밑을 살펴보았다. 그런데 그 편지는 양탄자 밑에 그대로 있었다. 양탄자가 문 앞까지 깔려 있었고, 그녀는 그 편지를 약간 들려져 있던 양탄자 밑에 밀어 넣었던 것이다. 테스는 기절이라도 할 것 같은 심정으로 편지를 집어 들었다. 편지는 그녀가 봉한 그대로였다. 그들 앞길에 가로놓인 난관은 아직 그대로 남아 있었던 것이다. 이제 와서 클레어에게 편지를 읽어달라고 부탁할 수는 없는 노릇이었다. 그녀는 밑으로 내려와서 편지를 갈기갈기 찢어버렸다.

교회에서 결혼식은 정말 조촐하게 치러졌다. 클레어와 테스, 그리고 클릭 내외만 참석한 결혼식이었다. 결혼식을 마치고 집으로 돌아온 후 테스는 이상한 무기력증에 빠져 있었다. 아아, 내가 엔젤 클레어의 부인이 되다니! 하지만 도덕적으로 나는 그럴 자격이 있는가? 차라리 알렉 더버빌의 부인이라고 불리는 게 정당하지 않은가! 그를 향한 내 사랑, 내 열정이 그 모든 것을 정당화할 수 있는가? 하지만 테스는 자신이 과연 어떻게 처신해야 좋을지 몰랐고, 상의할 사람도 없었다.

오후가 되어 부부는 목장을 떠났다. 그들은 신혼여행으로 웰브릿지에 있는 물레방앗간 근처의 농가에서 며칠 지낼 예정이었다. 그곳에 도착하자 클레어가 말했다.

"자, 당신 조상의 저택으로 어서 듭시오."

그곳은 지난날 더버빌가 소유의 저택이 있던 곳이었다. 하지만 지금은 여기저기 파손된 채 시골 농가로 남아 있었다. 애당

초 방 둘만 빌렸는데 주인이 며칠 동안 친구들과 새해 인사를
나누겠다며 이웃 여자에게 부부의 시중을 들게 한 후 집을 떠
났기에 부부는 집 한 채를 온전히 쓸 수 있게 되었다.

겨울 해는 짧아 금세 해가 졌다. 둘은 차를 마시기 위해 응접
실로 들어갔다. 클레어는 테스를 바라보며 마음속으로 기도했다.

'오, 얼마나 귀엽고 사랑스러운 여인인가? 내 사랑과 신앙에
온통 기대고 있는 여인! 그녀는 나 자신과 마찬가지다. 내 어찌
저런 여인을 소홀히 하거나 기분 상하게 할 수 있단 말인가! 오
오, 하느님, 제가 절대로 그런 죄를 짓지 않도록 해주시옵소서!'

벽난로에서는 불이 활활 타오르고 있었다. 클레어가 테스를
바라보며 말했다.

"테스, 날 사랑하오? 당신은 당신이 무슨 허물이 있더라도
내가 당신을 사랑할 것이냐고 물었었지? 이제 내가 당신에게
물을 차례요. 내가 과거에 그 어떤 허물을 가지고 있다 할지라
도 나를 사랑하겠소?"

"당신이 제게 고백할 게 있다고요?"

테스는 기쁨과 안도의 빛을 얼굴에 띠며 소리쳤다.

"생각도 못했던 일이지? 당신은 나를 너무 과분하게 잘 보았
으니까. 난 당신의 용서를 받고 싶어. 미리 고백 안 했다고 화를

내지 않았으면 좋겠어. 하기야 의당 고백했어야 하는 일이었지만······.”

오, 이 무슨 신기한 일이란 말인가! 저이도 내게 고백할 게 있다니! 테스는 아무 말도 하지 않고 있었다.

이윽고 클레어가 말을 이었다.

“내 생애 최고의 선물인 당신을 놓칠까봐 아직까지 고백하지 못했소. 당신, 지금 고백해도 나를 용서해주겠소?”

“그럼요, 용서하고말고요. 무엇이든 다 용서할 거예요.”

그러면서 클레어는 젊은 시절, 아직 철이 들지 않았을 때, 어느 나이가 든 여자의 유혹에 넘어가 이틀 밤낮을 환락에 빠져 지냈던 사실을 고백했다.

“다행히 나는 곧 그게 정말 어리석은 짓이란 걸 깨달았소. 그 여자에게는 아무 말도 하지 않고 곁에서 도망쳤고, 이후 다시는 그런 어리석은 짓을 하지 않았소. 당신에게 이 사실을 고백하지 않고는 못 견딜 것 같아 이렇게 털어놓는 거요. 어떻소? 나를 용서해주겠소?”

“오, 엔젤! 저는 너무나 기뻐요. 이제 당신도 저를 용서해주실 수 있을 테니까 말이에요. 전 아직 당신께 고백을 안 했어요. 저도 고백할 일이 있어요. 제가 그런 말 했던 거 기억하시지요?”

"암, 기억하고말고. 자 어서 말해봐요."

테스는 자세를 바로 잡고 이야기를 시작했다.

"어찌 보면 엄청난 일이지만 당신 이야기를 들으니 마음이 놓여요. 저도 당신과 비슷한 일을 겪었으니까요."

그녀는 엔젤의 관자놀이에 이마를 기댄 채 알렉 더버빌과 알게 된 사연, 이후의 일에 대해 조금도 망설이지 않고 모두 이야기하기 시작했다.

제 5 부   여자는 대가를 치른다

제1장

테스의 이야기가 끝났다. 처음부터 똑같은 어조였다. 변명은 한 마디도 하지 않았고 울지도 않았다.

테스가 이야기를 끝내자 클레어는 애꿎은 난로 불만 뒤적거렸다. 그의 얼굴은 파랗게 질려 있었다. 멍하니 정신이 나간 것 같았고 아무리 애를 써도 정신을 차릴 수가 없었다.

하지만 그는 곧 정신을 수습하고 말문을 열었다. 이제까지 들었던 그의 목소리 가운데 가장 무미건조해 보이는 목소리였다.

"테스!"

"네, 말씀하세요."

"당신 말을 내가 믿어야 한단 말이오? 당신 절대로 미친 게 아니지?"

"전 결코 미치지 않았어요."

"왜 미리 이야기를 해주지 않았소? 하긴 당신이 말하려고 했지. 그런데 내가 막아버린 셈이지."

클레어는 일어나더니 건너편 의자에 몸을 던지듯이 주저앉았다. 테스도 일어나 그 앞에 무릎을 꿇고 말했다.

"우리들의 사랑을 생각해서 저를 용서해주세요. 저도 당신을 용서했잖아요."

"그래, 당신은 나를 용서해주었지. 하지만, 하지만……. 당신의 경우는 그 용서가 통하지 않아! 당신은 이제 이전의 당신과 달라졌소. 어떻게 그런, 그런 이상한 경우에 용서란 말이 통할 수 있단 말이오."

테스는 얼굴이 파랗게 질려 일어났다.

"오, 엔젤, 어떻게 그런 말을! 어떻게 그런 표정을! 저는 전이나 지금이나 당신이 행복하기만을 바라고 있어요. 그리고 저는 당신을 영원히 사랑해요. 당신은 언제나 변함없는 당신이니까요. 저는 그 외에는 바라는 것도 없어요."

"다시 한번 말해두지만 내가 여태까지 사랑하던 여자와 지금의 당신은 다른 사람이오."

테스는 눈물을 흘렸다.

그녀가 어느 정도 진정이 되자 말했다.

"엔젤, 전 당신과 함께 살 수 없는 죄 많은 여자인가요? 좋아요. 당신이 제 곁을 떠나도 따르지 않겠어요. 당신이 아무 말도 없이 있어도 그 이유도 묻지 않겠어요."

"정말 내가 하라는 대로 하겠다는 말이오?"

"그래요. 당신이 죽으라고 하면 당장 죽겠어요."

"정말 착한 말이로군. 그런데 그렇게 자기를 희생하겠다는 마음과 이제까지 자기 자신을 지키려고 비밀을 감추려던 마음은 영 어울리지가 않는군."

클레어가 테스를 만난 이래 처음으로 던진 빈정거리는 말이었다. 그에게 용서를 빌던 테스조차 그 말에는 항의를 했다.

"제가 뭘 어쨌다고 이러시는 거예요? 엔젤, 저는 결코 당신을 속인 적이 없어요. 다만, 다만…… 우리의 사랑이 깨지는 게 두려워서……."

"그래, 당신은 누구를 속이는 여자는 아니지. 하지만 자꾸 말하지만 당신은 이제 전과 같은 여자가 아니야. 그래, 난 당신을 꾸짖거나 원망하지는 않겠어. 그러니 더 이상 이야기 말아."

"엔젤, 전 아무것도 모르는 어린애였어요. 사내가 뭔지도 몰랐어요."

"그래, 그건 인정해. 당신이 나쁜 놈에게 욕을 당한 거라는 것도 인정해."

"그렇다면 저를 용서해주실 수 있잖아요."

"용서야 할 수 있지. 하지만 용서한다고 모든 게 해결되는 건 아니야."

"아아, 어머니가 말씀하셨어요. 저보다 더 심한 일을 당한 여자들도 많다고……. 하지만 남자들이 다 눈감아주고 함께 산다고……."

"그만해! 당신이 무식한 농갓집 자식이라는 걸 그렇게 광고할 건 없잖아!"

"내가 농갓집 자식인 건 맞지만 태생은 그렇지 않아요!"

"맞아. 그래서 더 나빠! 차라리 목사가 당신 아버지에게 그런 이야기를 하지나 않았으면……. 나는 이제 당신 집안이 왜 몰락했는지 알 수 있을 것 같아. 당신의 의지가 박약한 걸 보면 알 수 있어. 가문이 노쇠했다는 것은 곧 그 의지가 노쇠해졌다는 걸 뜻하는 거요. 나는 당신을 새로 싹을 튼 자연의 산물이라고 생각했었는데 이제 알고 보니 맥 빠진 귀족의 뒤늦은 묘목에 불과했군."

이 정도면 갈 때까지 간 셈이었다. 테스는 계속 흐느꼈다.

사실 클레어는 부드럽고 다정한 사람이었다. 그러나 그 밑바닥에는 무슨 일이건 꼬치꼬치 논리적으로 따지는 성격이 마치 광맥처럼 놓여 있었다. 바로 그런 신조 때문에 그는 교회에서 강요하는 신조도 맹목적으로 따르지 못했던 것이며, 이번 경우에도 그 성격이 그에게 테스를 받아들이지 못하게 만들었다. 게다가 그가 테스를 향하여 가지고 있는 사랑도 타오르는 불길이라기보다는 휘황찬란한 광채에 가까웠다. 타오르는 사랑의 불길은 여자를 의심하고 증오하는 순간에도 타오를 수 있지만 휘황찬란한 광채는 일말의 의심과 동시에 꺼져버렸다.

그는 테스의 흐느낌이 멈추자 그녀에게 말했다.

"이보오, 어쨌든 우리가 어떻게 해야 할지 방침을 정해야겠소. 우리가 결혼하자마자 당장 헤어지면 사람들이 뭐니 뭐니 해도 당신을 비난할 게 뻔하오. 그걸 막기 위해서라도 우리는 잠시 함께 있어야 하오. 하지만 그건 어디까지나 겉으로만 그렇다는 걸 당신도 이해해야 하오."

그런 후 그는 물레방앗간으로 산책을 하겠다며 밖으로 나갔고, 테스는 휘청거리며 2층의 방으로 올라갔다.

그렇게 신혼부부 아닌 신혼부부의 생활이 이틀간 지나갔다.

그들은 각자 자기 방에서 생각에 골몰했고 식사 시간 외에는 얼굴도 마주하지 않았다.

마침내 먼저 입을 연 것은 테스였다.

"엔젤, 당신 이런 식으로 저와 언제까지나 함께 살 생각은 없지요?"

"솔직히 말하면 그렇소. 그 사나이가 살아 있는 한 우리가 어떻게 동거할 수 있겠소? 그리고 만일 우리 사이에 자식이 생긴다고 칩시다. 나중에 이 사실이 드러나게 되면 그 아이는 남들의 조소를 받으며 살아가게 될 것이오. 그건 정말 그 아이에게 못할 짓이지. 우리가 함께 산다는 건 안 될 말이오. 그렇다고 이혼은 안 되오. 당신은 모르고 있겠지만 지금 우리 상황에서는 법률적으로 이혼이 불가능하오. 우리는 결혼한 사이이면서 따로따로 살아야 하오."

다음 날이었다. 역시 이번에도 테스가 먼저 클레어에게 입을 열었다.

"당신이 하신 말씀 곰곰 생각해보았어요. 그래요. 당신이 옳아요. 이럭저럭 당신과 함께 살다가 정을 붙이게 되면 과거를 잊을 수도 있으리라는 희망은 포기하겠어요. 당신은 제 곁을 떠나셔야 해요."

"그럼 당신은 어떻게 할 작정이오?"

"저는 친정으로 가면 돼요. 거기서 아무 일도 없었던 것처럼 그냥 지내면 돼요."

"정말이오?"

"정말이에요. 우리는 헤어져야 해요. 이왕이면 아주 깨끗하게 끝장을 내는 게 좋아요. 당신이 언젠가 말했듯이 나는 남자들의 판단력을 흐리게 만드는 여자인지도 몰라요. 내가 당신 눈앞에 있으면 당신이 이성을 잃고 장래 계획을 망치게 될지도 몰라요."

"정말 친정으로 돌아가겠다는 거요?"

"네, 그러겠어요."

그러자 클레어가 너무 선선하게 대답했다.

"그러면 그렇게 합시다."

테스는 그의 대답에 깜짝 놀랐다. 예상보다 대답이 너무 빨랐던 것이다.

클레어가 그 기색을 눈치채고 덧붙였다.

"나는 떨어져 있는 사람을 더 정답게 생각하는 편이거든. 앞일을 누가 알겠소? 세상일에 지치고 지친 끝에 언제고 둘이 함께 모여 살게 될지……. 많은 사람들이 그러지 않소?"

하지만 달래는 말이라기보다는 비꼬는 말에 가까웠다.

그날로 둘은 각자 짐을 꾸리기 시작했다. 내일의 이별이 영원한 이별이 되리라는 것을 둘은 충분히 잘 알고 있었기에 마음이 편치 않았다.

다음 날 그들은 헤어졌다. 클레어는 남들의 의심을 사지 않기 위해 테스와 함께 클릭 농장에 들렀다. 테스는 자기가 좋아했던 젖소들을 찾아 하나하나 머리를 쓰다듬어주었다.

그런 후 그들은 다시 마차를 타고 나즐베리까지 함께 갔다. 클레어는 그곳에서 이만 헤어지자고 했다. 둘은 각자 마차를 타고 헤어지기 전에 잠깐 함께 길을 걸었다.

클레어가 부드럽게 말을 꺼냈다.

"자, 서로 양해하도록 합시다. 우리가 서로 노여워할 일은 없어. 내가 자리를 잡으면 곧바로 당신에게 주소를 전하지. 지금은 도저히 참아내기 어려운 그 일, 내가 그 일을 참아낼 수 있게 되면 그때는 당신 곁으로 돌아가리다. 하지만 내가 당신을 찾아가기 전에는 나를 찾아오지 않는 게 좋을 거야."

그의 준엄한 선고에 테스는 그가 자신을 어떻게 보는지 확실히 깨달을 수 있었다. 지금 그에게 그녀는 자기 자신을 속인 여자일 뿐이었다. 아무리 그렇더라도 이렇게 매정하게 푸대접을 할 수 있는가?

하지만 테스는 아무 말도 하지 않았다. 이윽고 사내는 상당한 액수의 돈이 들어 있는 꾸러미를 테스에게 주었다. 오늘 그녀에게 주려고 미리 은행에서 찾아놓은 돈이었다. 그런 후 그는 테스가 타고 갈 마차로 그녀를 데리고 가서 마차에 태웠다.

테스의 마차가 언덕을 향해 올라가는 것을 바라보면서 클레어는 그녀가 한 번만이라도 차창 밖으로 얼굴을 내밀었으면 했다. 하지만 테스는 기운 없이 죽은 듯 앉아 있었을 뿐이었다. 마차가 언덕을 넘어 사라지자 클레어는 발길을 돌렸다. 그는 자기가 아직도 테스를 사랑하고 있다는 것을 깨닫지 못하고 있었다.

제2장

테스는 마을 입구에서 마차에서 내렸다. 그녀는 짐을 아는 집에 맡기고 걸어서 집으로 들어섰다. 어머니는 빨래를 하고 있었다. 어머니는 테스를 보자 놀라서 말했다.

"아니, 이게 누구니? 테스 아니니? 난 네가 결혼할 줄 알고 있었는데……."

테스는 어머니 앞에서 잡아뗄 수 없었다. 그녀는 결혼을 했으나 남편이 자기 곁을 떠나버렸다고 실토했다.

어머니가 말했다.

"그게 무슨 소리니? 또 전처럼 못된 놈을 만난 거니?"

테스는 어머니에게 달려들어 흐느껴 울며 말했다.

"어머니, 전, 전 어떻게 말해야 할지 모르겠어요. 그만, 그만 그이에게 제 과거를 이야기해주고 말았어요."

"아니, 이런 바보 같으니. 내가 네게 이런 말을 하게 될 줄은
몰랐다. 하지만 넌 정말 바보야, 바보!"

"알아요, 저도 알고 있어요. 하지만 어쩔 수 없었어요. 그이
는 정말 착한 분이에요. 그런 분에게 제 과거를 숨기는 건 못할
짓이라고 생각했어요. 같은 일이 되풀이되더라도 전 똑같이 할
거예요. 그이에게, 그이에게 죄가 될 짓을 한다는 것은…… 그
건 못할 짓이에요."

어머니는 매정하게 말했다.

"하지만 그런 걸 속이고 그 사람하고 결혼한다는 게 이미 죄
를 지은 거 아니니?"

"알아요, 어머니. 하지만 아아, 제가 그이를 얼마나 사랑하는
지 어머니가 절반이라도 알아주셨으면……. 그이를 남편으로
섬기고 싶은 마음이 얼마나 간절했는지, 그이를 향한 애정과
그이를 속일 수 없다는 마음 사이에서 제가 얼마나 괴로워했는
지 알아주셨으면……."

"알겠다, 알겠어. 이미 저지른 일이니 별 도리가 있겠니?"

그때 아버지가 집으로 돌아왔다. 아버지는 테스가 집에 온
사실에 그다지 놀라지도 않았다. 어머니가 눈짓으로 테스에게

2층 방으로 올라가라고 말했다. 자신이 직접 테스 소식을 전하겠다는 것이었다.

하지만 아버지는 테스 소식을 날씨나 농사일 정도로 받아들였다. 그건 그나마 다행이었다. 아버지는 테스가 어리석어서 그런 일을 당했는지, 부당한 일을 당한 건지, 더 이상 고민하지 않았다. 테스가 겪은 불행도 그에게는 집안에 닥쳐온 한낱 일상적 충격 정도에 불과했다.

아버지가 어떻게 나오실까 궁금해서 부부의 대화를 엿듣고 있던 테스는 아버지 태도에 오히려 안심이 되었다. 하지만 아버지의 다음 말은 그녀에게 충격을 주었다.

"그런데 딸애가 정말 그 작자하고 결혼한 건 사실인 것 같아? 어쩌면 요전 꼴을 또 당한 건 아냐?"

아버지조차 자신의 말을 의심하다니! 그녀는 반감이 치솟았다. 아버지가 저러시니 이웃 사람들은 오죽하겠는가! 아아, 나는 이 집에도 머물지 못할 신세인가보다!

결국 테스는 사나흘 정도밖에 집에 머물지 않았다. 집에 머문 마지막 날, 테스는 클레어에게서 짤막한 편지를 받았다. 농장을 두루 살펴보기 위해 영국 북부로 간다는 편지였다. 테스는 그 편지를 부모님께 보여주며 남편을 만나러 가겠다며 집을 나섰다. 그녀는 클레어에게서 받은 50파운드 중에서 절반을 부모님께 내놓았다.

이제 테스와 클레어가 작별한 지도 여덟 달 정도 지났다. 그 사이 클레어는 브라질에서 농장을 경영하겠다며 영국을 떠났다. 그는 부모를 만나 테스를 데려오지 않은 이유를 적당히 둘러댔다.

그는 30파운드의 돈과, 그의 결혼 선물로 부모가 마련해두었던 보석을 은행에 맡겼다. 그리고 테스에게 편지를 썼다. 언제고 그 돈이 필요하면 은행에 편지를 써서 받아볼 수 있을 것이며 급한 경우에는 아버지에게 도움을 청하라는 내용이었다. 그는 테스 몫의 보석을 은행에 맡겼다는 사실도 편지로 알렸다.

영국을 떠나기 전에 그는 테스와 신혼여행차 묵었던 웰브릿지의 농가에 들렀다. 집세를 치르고 집 열쇠를 돌려주기 위해서였다. 바로 이 집 지붕 밑에서 그는 그의 생애에 가장 행복한 순간을 맛보았으며 동시에 가장 어두운 그림자가 드리워진 것이었다.

그는 방으로 다시 올라가 보았다. 그러자 생각지도 못했던 감정이 치솟아 올랐다. 아아, 나는 과연 정당한 행동을 했던 것인가? 내가 더 너그러울 수는 없었을까? 내가 너무 매정했던 것은 아니었던가? 내가 맹목적인 것은 아니었던가?

갑자기 치솟는 감정에 그는 테스가 누웠던 침대 앞에 꿇어앉 았다.

"아아, 테스, 당신이 좀 더 일찍 고백했다면, 나는 당신을 용 서했을 텐데……."

하지만 그는 그 후회 아닌 후회를 품고 결국 브라질로 떠났다.

테스는 완전히 변한 환경에서 지내고 있었다. 그녀는 마롯 마을을 떠난 뒤 대부분의 기간을 포트 브래디 근처의 목장에서 간단한 허드렛일과 임시 일을 하며 지냈다. 그녀는 클레어가 준 돈 중 부모님께 드리고 난 절반의 돈 25파운드에는 손을 대 지 않으려 했다. 하지만 요즘은 장마가 들어 일거리가 줄었기 때문에 부득이 그 돈에도 손을 댈 수밖에 없었다. 그 돈에 손 을 대면서 그녀는 가슴이 아팠다. 그 돈은 엔젤이 그녀를 위하 여 은행에서 찾은 반짝이는 새 돈이었다. 그것은 클레어의 손 이 닿아 정화된 돈이며 그가 남긴 기념품이었다. 하지만 도리 가 없었다. 금화는 하나씩 그녀의 손에서 사라졌다.

수중의 돈이 거의 없어졌을 무렵 어머니에게서 편지가 왔다.

집안 형편이 점점 어려워지고 있는 데다가 이런저런 급한 일로 20파운드의 돈이 필요하다는 것이었다. 테스는 엔젤의 거래 은행에서 30파운드를 송금받았다. 그리고 그중 20파운드를 어머니께 보냈다. 그리고 자신에게 남아 있던 마지막 한 파운드까지 없어질 무렵, 급한 경우에 아버지의 도움을 청하라던 엔젤의 편지가 생각났다.

그녀는 엔젤의 아버지에게 손을 벌리기는 죽기보다 싫었다. 그렇지 않아도 엔젤 가족들이 자신을 업신여기고 있을 텐데 구걸하는 꼴을 보인다면 얼마나 경멸할 것인가! 그녀는 어려운 가운데도 꾹 참으며 겨우겨우 지내고 있었다.

그런데 이제 봄과 여름 내내 품팔이를 했던 이곳에서는 더 이상 일손이 필요 없게 되었다. 톨버세이즈라면 일자리가 있을 것이었다. 하지만 도저히 그곳으로 갈 수는 없었다. 그때 그녀는 예전 톨버세이즈에서 함께 일했던 마리안과 편지를 주고받고 있었다. 여기저기 일자리를 떠돌던 마리안은 지금 자신이 중부 고원지대 플린트콤 애쉬의 어느 농장에서 일을 하고 있으며, 그곳으로 오면 일자리가 있으리라고 했다. 그녀는 즉시 그곳을 향해 떠났다.

그러나 무슨 운명의 장난이었던가! 그 집 주인 그로비는 전에 테스에게 수작을 거는 줄 알고 클레어가 주먹맛을 보인 바로 그 사람이었다. 그는 트란트릿지 사람이었으며 그곳에서 농장을 경영하고 있었다. 테스는 그곳에서 이루 말할 수 없는 고초를 겪었다. 온갖 어려운 일을 해내야 했으며 게다가 주인은 그녀에게 치근대기까지 했다. 그녀는 더 이상 견딜 수 없었다. 테스의 생각과 눈길은 저절로 엔젤의 아버지가 살고 있는 엠민스터 사제관 쪽을 향했다.

사실 클레어가 편지에서 쓴 대로 테스는 몇 번이고, 비록 명목상이긴 해도 시아버지에게 편지를 보낼까 말까 망설인 적이 여러 번 있었다. 하지만 친정 부모에게와 마찬가지로 시댁에도 그녀는 없는 존재와 마찬가지였다. 그리고 그것은 그녀가 스스로 택한 길이기도 했다. 그녀는 시아버지에게 편지를 보낼까 말까 망설여질 때마다 단호하게 자신을 다잡았다. 그것은 자기가 누릴 권리가 없는 것은 결코 애걸복걸하지 않는 그녀의 성격과도 맞는 길이었다. 그녀는 자기가 넘어지더라도 자신의 힘으로 일어나 걸어가리라 마음먹고 살았다. 그녀는 엔젤 클레어라는 한 사내의 일시적 충동에 의해 자신의 이름이 그의 이름과 나란히 교회 장부에 기입되었다는 사소한 일을 빌미로, 명목상의 시가(媤家)에 대해 자신의 권리를 주장하고 싶은 생각이 조금도 없었다.

그러나 그녀는 너무나 어려웠다. 이곳에서는 더 이상 견디기 힘들었지만 그렇다고 이곳을 떠날 수도 없었다. 정말 갈 곳이 없었기 때문이었다. 게다가 클레어로부터는 소식 하나 없었다. '왜 소식을 전하지 않는 것일까? 자기가 있는 곳은 알려주겠다고 분명히 말하지 않았는가? 그는 그렇게 무심하고 냉정한 사람일까? 혹시 병이라도 난 것이 아닐까? 그래, 남편의 안부가 궁금해서라도 사제관을 찾아가는 게 도리야. 엔젤의 아버지가 소문대로 선량한 분이라면 인정에 목말라 있는 내 처지를 동정할 수도 있을 거야. 궁색한 생활을 하고 있다는 것은 얼마든지 숨길 수 있을 거야.'

그녀는 어느 일요일 새벽에 길을 떠났다. 평일에는 농장을 떠날 수 없었기에 일요일에 떠날 수밖에 없었다. 아직 철로가 놓이지 않은 고원지대였기에 그녀는 20여 킬로미터나 되는 길을 걸어갈 수밖에 없었다. 마리안이 그녀의 옷맵시를 정성껏 가꾸어주었다. 그날은 테스와 클레어가 결혼한 지 꼭 1년째 되는 날이었다.

그녀는 언덕을 넘고 골짜기를 지나 걷고 또 걸었다. 이윽고 그녀는 에버세드라는 자그마한 읍내로 들어섰다. 이번 여행의 절반을 걸은 셈이었다. 그녀는 어느 교회 옆의 농가로 들어가 돈을 내고 아침을 배불리 먹었다. 이제 남은 절반의 여정은 이제까지 온 것보다는 한결 평탄했다. 그녀는 점심때쯤 되어 드디어 엠민스터에 도착했다. 그녀는 엠민스터 분지가 내려다보이는 언덕 위 어느 집 문 앞에서 잠시 걸음을 멈추고 구두를 갈아 신었다. 그녀는 험한 길을 걸어오기 위해 엔젤이 사준 예쁜 구두는 보따리에 넣고 다른 구두를 신고 왔다가 이곳에서 갈아 신은 것이다. 구두를 갈아 신은 테스는 천천히 사제관을 향해 언덕을 내려갔다. 산뜻한 공기를 마셔서 싱싱해졌던 테스의 낯빛은 사제관이 가까워짐에 따라 자신도 모르게 점점 파리해졌다.

그녀는 마음을 가다듬고 사제관의 회전문을 열고 들어가 초인종을 눌렀다.

'그래, 드디어 일은 벌어진 거야. 이제 와서 그냥 물러설 수도 없잖아.'

하지만 실은 아무 일도 벌어지지 않았다. 인기척이 없었던 것이다. 그녀는 벽에 몸을 기대고 기운을 차린 후에 다시 초인종을 눌렀다. 하지만 여전히 아무런 응답이 없었다.

테스는 현관문을 열고 밖으로 나왔다. 차라리 잘되었다는 기분이 들기도 했다. 그녀는 뒤도 돌아보지 않고 사제관 옆길을 따라 계속 앞으로 걸어갔다. 그러면서 자신이 얼마나 어리석었는지를 깨달았다. 일요일 이 시각이니 온 식구들이 교회에 가 있었던 것이다.

그녀의 발길은 교회로 향했다. 마침 예배가 끝났는지 사람들이 몰려나오고 있었다. 그녀는 몸을 되돌려 다시 사제관 쪽을 향했다. 사람들 눈에 띄는 것을 꺼렸기 때문이었다. '그래, 아까 구두를 벗어놓은 곳에서 울타리에 몸을 숨기고 기다려야지. 일요일에는 매번 예배가 끝난 후 늦은 아침을 든다고 클레어가 말한 적이 있어. 거기서 기다리다가 아침 식사가 끝날 때쯤 다시 벨을 눌러야지.'

그런데 테스와 같은 방향으로 두 젊은이가 팔짱을 끼고 테스의 뒤를 따라왔다. 그들이 가까이 오자 진지하게 나누고 있는 말소리가 테스의 귀에 들렸다. 여자만의 육감으로 테스는 그들이 엔젤의 형들임을 알 수 있었다. 테스 앞으로는 웬 숙녀 한 명이 걸어가고 있었다.

그 숙녀의 모습을 알아본 두 형제 중 한 명이 말했고 테스는 본의 아니게 그의 말을 모두 듣게 되었다.

"저기 머시 챈트가 있네. 어서 따라가보자."

머시 챈트라면 그녀도 아는 이름이었다. 엔젤의 부모가 그의 반려자로 생각하고 있던 여자로서 자신의 방해만 없었다면 지금쯤 엔젤의 아내가 되어 있을 수도 있는 여자였다.

두 사내 중 한 명이 말했다.

"엔젤, 정말 안됐어. 저 예쁜 색시를 볼 때마다 젖 짜는 여잔지 뭔지에 홀딱 반해버린 그 녀석이 점점 원망스러워진단 말이야. 그나저나 지금은 둘이 함께 지내는지 모르겠네. 두서너 달 전에 편지가 왔을 때는 여전히 함께 지내지 않는다고 했잖아."

"나도 잘 모르겠어. 암튼 엔젤이 그놈의 분별없는 결혼을 하는 바람에 완전히 의가 갈려버렸어."

얼마 후 그들이 머시를 따라잡으려고 그녀를 앞질러버렸다. 앞에 있던 여인은 그들의 발자국 소리에 뒤를 돌아다보았고 서로 인사를 한 후 셋이 함께 걸어갔다. 아마 셋이 산책을 좀 하려는 모양이었다.

그들은 아까 테스가 구두를 갈아 신은 집 문 앞에서 멈추었다. 형제 중 한 명이 그녀가 벗어놓은 구두를 발견한 것이었다.

"이것 봐, 여기 헌 구두가 한 켤레 있네."

"아마 거지가 내버린 거겠지."

형제들 대화를 듣고 있던 머시가 말했다.

"맨발로 사람들 앞에 나타나 동정을 얻으려고 그런 거겠지요. 세상에 이렇게 멀쩡한 구두를 버리다니! 제가 가지고 가서 불쌍한 사람에게 주겠어요."

그들의 말을 다 엿들은 테스는 옷깃으로 얼굴을 가리고 그들 곁을 지나 언덕으로 올라갔다. 그녀의 눈에서는 하염없이 눈물이 흘러나왔다. 그들은 무심코 던진 말들이었겠지만 그 말 한마디 한 마디가 모두 테스의 가슴을 찔렀다. 물론 그녀가 자격지심에 과장해서 해석한 점도 있었고 그녀 자신도 그 사실을 잘 알고 있었지만, 사제관으로 다시 찾아갈 엄두는 나지 않았다. 모두들 자신을 비난의 눈빛으로 바라볼 것만 같았으며 그 앞에서 자신은 자기를 보호할 아무런 무기도 지니지 못한 존재로 여겨졌다.

하지만 그녀는 잘못 생각하고 있었다. 형제들이야 그렇다 치더라도 엔젤의 아버지만은 달랐다. 만일 그녀가 시아버지를 만나 자신의 사정을 이야기했더라면 그 노인은 그녀를 충분히 동정하고 도와주었을 것이다. 부인도 마찬가지였다. 어려움에 처한 척하는 사람들에게는 눈 하나 깜짝 않는 노부부였지만, 정말로 곤궁에 빠진 사람에게는 무조건 마음이 기울었다. 그리고 죄 많은 사람은 쉽게 용서해주는 것이 바로 두 노부부였다. 아마 두 노인이 테스의 이야기를 들었다면, 한 번 길을 잘못 들었던 사람치고는 훌륭한 처신을 한 셈이라고 생각하고 훌륭한 며느리로 받아들였을지도 모른다.

하지만 테스가 그런 것을 알 리 없었다. 그녀는 절망에 빠져 아까 왔던 길을 뚜벅뚜벅 걸어가고 있었다. 이제 그 메마른 농장에서 온갖 수모를 견디며 겨울을 날 수밖에 없었다.

그 지옥 같은 곳으로 돌아가는 테스의 걸음걸이는 길을 걷는다기보다는 헤맨다고 하는 게 차라리 옳았다. 기운도 없는 데다 목적도 없었고, 그저 타성대로 발걸음을 옮길 뿐이었다.

그녀는 10여 킬로미터를 쉬지 않고 걸은 끝에 아침을 먹었던 작은 마을에 도착했다. 테스는 다시 마을 입구의 농가로 들어갔다. 여주인이 우유를 가지러 간 사이 밖을 내다보니 길에 사람이 하나도 없었다.

여주인이 오자 테스가 물었다.

"모두 교회에 낮 예배 보러 갔나 보지요?"

"그런 게 아니라오. 교회 예배가 시작되려면 아직 멀었어. 저기 곳간에서 누군가 설교를 한대서 그걸 들으려고들 갔나봐. 설교가 들을 만한가봐."

그 집에서 요기를 한 테스는 마을 안으로 걸어 들어갔다. 우연히 곳간 앞을 지나다보니 설교자의 말소리가 들렸다. 닫힌 곳간 문밖에서 귀를 기울여 듣다보니 설교자는 하느님의 은총을 강조하는 복음주의를 설파하고 있었다.

이어서 설교자는 자신이 어떻게 이렇게 열렬한 기독교 신자가 될 수 있었는지에 대해 이야기하기 시작했다. 그는 자신이 죄인 가운데도 으뜸가는 죄인이라고 말했다. 그런데 어느 목사에게 감화를 받아 회개를 하게 되었다고 말했다. 테스는 그에게 감화를 준 목사의 이름을 듣고 깜짝 놀랐다. 그 목사의 이름은 제임스 클레어, 즉 엔젤 클레어의 아버지였다. 그러나 더욱 놀라운 것은 그 목소리가 많이 듣던 목소리였다는 사실이었다. 그 목소리는 바로 알렉 더버빌의 목소리였다. 그녀는 불안했지만 곳간 앞을 지나 큼직한 두 문짝 사이를 통해 안을 들여다보았다. 그렇다! 바로 그 사람이었다. 마을 사람들에 둘러 싸여, 기운차게 설교를 하고 있는 자는 바로 그자, 그녀를 유혹하고 유린했던 알렉 더버빌이었던 것이다.

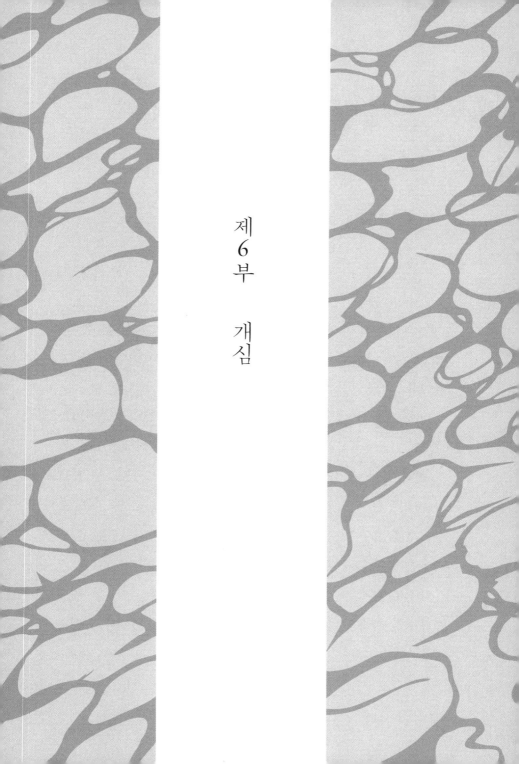

제6부   개심

제1장

    그가 아무리 개심해서 설교를 하고 있다지만 그의 얼굴을 확인한 순간 테스는 공포에 사로잡혀 그 자리에서 꼼짝도 할 수 없었다.

    그의 모습은 변모해 있었다. 하지만 테스는 그의 모습이 불쾌했다. 그는 흔히 생각하듯 경건한 신앙으로 온화해진 모습으로 변한 것이 아니었다. 자신만만하게 희번덕거리던 그의 눈동자는 기운찬 신앙의 힘으로 번쩍이고 있었다. 그토록 야비한 말이 서슴없이 나오던 입에서 엄숙한 성경 구절이 거리낌 없이 나오는 것이 너무 괴이했으며, 온몸에 소름이 돋았다.

    하지만 테스는 곧 자신을 반성했다. 그의 말이 이렇게 귀에 거슬리는 것은 늘 그를 나쁘게만 생각해온 탓이 아닐까? 살아

생전에 자기의 죄를 씻고 자기의 영혼을 구한 예는 무수히 많지 않은가? 알렉 더버빌이라고 해서 그러지 말라는 법이 없지 않은가? 죄가 큰 자일수록 더 큰 성인이 될 수도 있는 법 아닌가?

그런 반성이 들자 테스는 겨우 정신을 수습했다. 그녀는 그의 눈길이 미치지 않는 곳으로 숨어야겠다고 생각했다. 아직 그의 눈에 띄지 않은 게 다행이라고 그녀는 생각했다. 하지만 그녀가 몸을 움직인 순간 그녀는 기어이 그의 눈에 띄고 말았다. 그 순간 그가 받은 충격이 테스가 받은 충격보다 크다는 것을 한눈에도 알 수 있었다. 그는 한순간 말을 잊었다.

사내가 놀라서 어쩔 줄 모르는 사이에 테스는 기운을 차리고 재빨리 그 자리를 떠났다. 그리고 자신과 그의 바뀐 처지에 가슴이 서늘해졌다. 지난날 자신의 몸을 망쳐놓은 사내는 하느님의 편에 서서 은총을 받고 있는데 자신은 여전히 죄 많은 여인의 몸으로 남아 있다니!

테스는 뒤돌아볼 생각도 않고 부지런히 발걸음을 옮겼다. 아아, 얼마나 끊고 싶던 과거의 연이었던가! 그런데 그건 도저히 불가능하다는 것을, 그의 모습을 본 순간 그녀는 뼈저리게 깨달았다.

이윽고 테스는 언덕길을 오르기 시작했다. 그때였다. 등 뒤에서 누군가 부지런히 쫓아오고 있는 발자국 소리가 들렸다. 뒤를 돌아보니 너무도 낯익은 모습, 이상야릇한 옷차림을 한 그 사나이, 이 세상에서 다시는 만나고 싶지 않은 바로 그 사나이가 가까이 다가오고 있었다.

그가 "테스!"라고 그녀를 불렀다. 그러나 그녀는 걸음을 멈추지 않았다. 그가 다시 그녀의 이름을 부르며 말했다.

"나요, 알렉 더버빌."

테스는 그제야 뒤를 돌아보았다. 사내는 바로 그녀 곁으로 왔다.

"알아요." 그녀는 쌀쌀맞게 대답했다.

"겨우 그 말뿐이오? 하긴 나란 놈은 그 정도 가치밖에 없는 인간이지. 게다가 이런 옷차림을 하고 있는 내가 당신 눈에는 우스꽝스럽게 보일 거야. 당신, 내가 왜 당신 뒤를 따라왔는지 이상하지?"

"정말 그래요. 더 이상 당신이 나를 쫓아오지 않았으면 좋겠어요.

"오해하지 말아요. 당신을 보고 당황했던 건 사실이오. 당신이 나와 얼마나 깊은 관계를 맺은 사람인지 생각해보면 당연한 것 아니오? 하지만 나는 곧 마음을 진정시켰소. 이런 말을 하면 거짓말처럼 들리겠지만 나는 이 세상 사람들을 구원해주는 것이 내 의무라고 생각하며 살고 있소. 그런데 당신은 나 때문에 고난을 당한 사람이오. 내가 지금 구원해주어야 할 사람은 바로 당신이라고 생각하는 게 당연한 것 아니겠소? 내가 당신을 따라온 것은 오로지 그 목적뿐이오."

그 말을 듣고 테스는 경멸하듯 말했다.

"흥, 그렇다면 자신부터 구원해야지요. 그게 순서잖아요."

"나 자신은 아무것도 한 게 없소. 모두 하느님의 뜻에 의해 이루어지는 거지. 내게 하느님의 말씀을 전해주신 건 엠민스터의 클레어라는 노목사요. 그분이 2~3년 전에 트란트릿지로 설교를 오신 적이 있었소. 그때 나는 그분에게 대들기까지 했지. 하지만 그분은 조용히 내게 언젠가 성령의 은총이 찾아올 것이라는 말씀만 하셨소. 그때는 그분의 설교 말씀이나 그분의 그 말씀을 그냥 귓등으로 흘려들었을 뿐이오. 그런데 그분과 헤어진 후 매일매일 그분의 말씀이 가슴속으로 파고들었소. 그리고 어머니가 돌아가시고 나자, 그분의 말씀들이 생생하게 되살아나, 내게 충격을 주었소. 그때 나는 결심했소. '그렇다, 사람들에게 하느님의 말씀을 전하자, 어려운 사람들을 구원해주자' 하고 결심한 거요."

테스는 발끈 화를 내며 말했다.

"그런 소리 그만하세요. 당신 말을 믿을 수 없을 뿐더러, 설사 사실이라 할지라도 화가 날 뿐이니까요. 저를 망쳐놓고, 이세상 온갖 쾌락을 다 맛본 후에, 이제 새사람이 되었네, 어쩌네 하면서 뻔뻔스럽게 천국에 가서 복락을 누리겠다고요? 참, 대단하시군요. 어쨌든 당신을 믿을 수 없어요. 그리고 당신이 지긋지긋해요."

그러자 그가 테스에게 말했다.

"너무 그렇게 노려볼 건 없지 않소?"

말을 마친 후 테스는 길을 계속 걸어갔다. 알렉은 그녀의 뒤를 계속 따라왔다. 도대체 어디까지 따라올 작정일까? 테스는 걱정이 되었지만 딱히 그를 되돌려 보낼 방법도 없어, 묵묵히 길을 걸었고 그도 말없이 뒤를 따라왔다.

둘이 크로스 인 핸드라 불리는 곳에 이르자 알렉 더버빌이 말했다.

"이제 그만 헤어지는 수밖에 없겠네. 나는 오늘 저녁 에보트 서널에서 설교를 해야 하오. 여기서 오른쪽 길로 가야 하지. 그런데 내 궁금한 게 하나 있어. 당신 말을 들어보니 전보다 훨씬 말을 잘해. 어디서 배운 거지?"

"이런저런 고생하다보니 배운 거지요."

테스는 그냥 얼버무리려 했다. 그러자 그가 되물었다.

"대체 무슨 고생을 한 거요?"

그녀는 그와 관련이 있는 고생, 그녀가 겪은 최초의 고생에 대해 이야기해주었다. 아이 이야기였다.

그녀의 이야기에 그는 아연실색한 표정을 지었다.

"세상에, 그런 일이! 이제껏 난 아무것도 모르고 있었군. 아니, 그런 일이 있으면서도 내게 연락 한 번 안 했단 말이오?"

테스는 아무 말도 하지 않았다.

그러자 사나이가 말했다.

"자, 그럼 또 만나기로 해요. 당신은 믿지 않겠지만 나는 당신을 위해 기도하겠소."

"그런 말 마세요. 다시는 내 앞에 나타나지 마세요."

아무 보람도 없었던 여행에서 돌아온 지 며칠이 되었다. 테스는 밭에 나가 순무의 잔털과 흙을 말끔히 털어낸 후 순무를 자르는 기계 속에 던져 넣는 일을 하고 있었다. 음산하기 그지없는 풍경과 날씨 속에서 이루어지는 단조로운 일이었다.

그때였다. 저 멀리 검은 점 하나가 보였다. 그 검은 그림자는 울타리 모퉁이를 지나 순무를 자르고 있는 사람들 쪽으로 다가왔다. 일에 몰두하고 있던 테스는 그 검은 옷차림의 사나이가 자기 옆까지 오는 것도 눈치채지 못했다.

바로 목사로 변모한 알렉 더버빌이었다. 그는 설교에 열중하던 당당하던 모습이 아니라 무언가 겸연쩍어 하는 표정이었다.

그가 테스 곁으로 와서 조용히 말문을 열었다.

"테스, 나요. 할 말이 있어서 왔소."

"다시는 내 앞에 나타나지 말라 했는데, 기어이 그 부탁을 어기셨군요."

"그렇게 됐소. 하지만 중요한 용건이 있어서 온 거요."

"무슨 용건인지 말해보세요."

순무 자르는 기계 소리에 그들의 말소리는 다른 일꾼들에게 들리지 않았다. 알렉이 말했다.

"전에 당신을 만났을 때는 당신 입성을 보고 당신 형편이 괜찮은 줄 알았소. 하지만 사람들 이야기를 듣고 당신과 당신 집안 형편이 매우 어렵다는 걸 알게 되었소. 당신에게는 너무 지나친 고생이오. 게다가 그 책임의 절반은 내게 있는 셈이오."

테스는 말없이 사내를 바라보았다. 그러자 사내가 말을 계속했다.

"내가 이제까지 못된 짓을 많이 했지만 당신에게 가장 심한 짓을 한 셈이야. 나는 당신이 이렇게까지 될 줄은 정말 꿈에도 생각 못 했어. 당신같이 순박한 사람의 신세를 망쳐 놓다니! 그래놓고 내가 모른 척할 수는 없소.

자, 내 용건을 말하리다. 당신이 떠나고 난 후 어머니가 돌아가셨고 트란트릿지의 집은 내 소유가 되었소. 나는 그 집을 처분하고 아프리카로 전도 사업을 떠날 작정이오. 그래서…… 그래서…… 당신에게 지은 죄를 갚기 위해서 하는 말인데…… 내 아내가 되어 함께 아프리카로 떠날 수 없겠소? 내 소원이오. 여기 결혼허가증까지 받아왔소."

테스는 깜짝 놀라 뒤로 물러서며 말했다.

"뭐라고요? 당신의 아내가? 안 돼요! 절대로 안 돼요!"

그의 얼굴에 실망의 빛이 떠올랐다. 의무를 다 하지 못한 데 대한 실망만이 아니라 다른 실망의 빛도 섞여 있었다. 그것은 그에게 테스를 향한 옛 욕정이 되살아난 증거였다. 그의 내부에서 의무와 욕망이 함께 손을 잡고 내달리고 있었다.

"테스, 도대체 왜 안 된다는 거요?"

"전 당신에게 조금도 애정을 느끼고 있지 않아요. 나는 사랑하는 분이 따로 있어요. 게다가, 나는…… 나는…… 그분과 이미 결혼한 몸이에요."

그녀의 말에 그는 얼빠진 표정으로 그녀를 바라보았다.

"당신에게 말하고 싶지 않았어요. 그리고 이곳에서는 그 사실을 비밀로 하고 있어요. 제발 부탁이니 아무것도 묻지 말고 이만 가주세요."

이윽고 정신을 차린 알렉이 말했다.

"아아, 고백하지만 당신을 다시 보니, 당신을 향한 내 사랑이 되살아났소. 나는 이미 까맣게 사라진 줄 알았는데……. 그래서 나는 당신에게 결혼하자고 한 것이오. 하지만…… 하지만…… 당신이 이미 결혼한 몸이라면…… 그렇다면 당신과 내가 결혼할 수는 없겠군. 하지만 당신과 당신 남편에게 뭔가 도움이 되는 일이라도 해주고 싶소. 그 사람도 이 농장에서 일하고 있소?"

"아뇨, 먼 곳으로 가셨어요."

"먼 곳으로 갔다니? 당신을 여기 놔두고? 무슨 남편이 그래?"

"그이를 욕하지 마세요. 그건, 그건…… 그이가 당신과 내 관계를 알게 돼서 그렇게 된 거예요."

"아, 그래……. 정말 안된 일이네. 미안하기도 하고……. 하지만 그렇다고 당신을 이렇게 고생하게 내버려두다니……. 그렇다면 당신은 버림받았다는 거 아닌가?"

그는 치미는 충동을 못 이기고 테스의 손을 덥석 잡았다. 그 때 농장 주인 그로비가 그들 곁으로 오면서 테스에게 호통을 쳤다.

"아니, 일은 내동댕이친 채 도대체 뭐하고 있는 거야!"

그러자 더버빌이 그에게 말했다.

"여자에게 그게 무슨 말버르장머리요?"

"그렇긴 하네. 헌데 감리교 목사님께서는 이 여자에게 무슨 용건이 있으신가요?"

더버빌은 말문이 막혔다. 게다가 테스가 제발 사라져달라고 눈빛으로 애원하는 바람에 그는 할 수 없이 물러갔다.

그날 밤 테스는 클레어에게 변함없는 사랑을 맹세하는 편지를 썼다. 하지만 지금의 괴로운 처지에 대해서는 한 마디도 하지 않았다. 그녀는 그 편지를 상자 속에 넣으면서 과연 엔젤이 이 편지를 받아볼 날이 있을지 적이 의심스러웠다.

제2장

테스가 하루하루 고된 일을 치르며 사는 동안 겨울이 지나고 2월이 되었다. 온종일 화창하고 온화한 날씨였다. 그날은 장날이었고 플린트콤 애쉬의 일꾼들은 거의 모두 읍내로 가고 없었다. 테스는 그냥 자기 숙소에 남아 있었다.

테스가 혼자서 점심을 먹은 후 쉬고 있을 때 알렉 더버빌의 검은 그림자가 창문에 비쳤다. 질겁한 테스가 미처 도망갈 사이도 없이 그가 집 안으로 들어왔다.

"테스, 도저히 참을 수가 없어서 왔어. 제아무리 당신을 잊으려 해도 내 눈앞에서 계속 어른거리는 걸 어쩔 수 없었소. 착한 여자가 악한 사내놈을 괴롭히는 일이 벌어지다니! 제발 나를 위해 기도해줄 수 없겠소?"

"제가 어떻게 당신을 위해 기도를 할 수 있단 말이에요?"

"내가 오로지 당신을 만나기 위해 이렇게 먼 길을 걸어오지 않았소? 나는 2시 반에 캐스트브릿지 장에서 설교를 할 예정이었소. 그런데 그걸 포기하고 이렇게 당신에게 온 거요. 오로지 내가 한때 더럽히고 욕보였던 한 여자를 보고 싶다는 욕망 때문에! 그래, 비록 내가 당신을 욕보였지만 당신은 결코 내 마음대로 되는 여자가 아니었어. 그래서 나는 당신을 결코 무시할 수 없었어. 이 세상에 내가 무시할 수 없는 여자는 당신 하나뿐이야.

당신은 나를 경멸하고 무시하지? 그러는 게 마땅해. 내 딴에는 하느님을 향해 기도를 하고 있는 줄 알았는데…… 당신을 보자마자 나는 어쩔 수 없이 당신의 노예가 되고 말았소. 당신은 요부야! 당신의 입술은 이브의 입술이야. 그렇지 않고서야 이렇게 사람을 미치게 만들 리가 없어."

"하지만 내가 일부러 당신 눈앞에 나타난 건 아니잖아요. 저로서도 어쩔 수 없는 일이었잖아요."

"사실이야. 내 말 오해하지 마. 나는 지금 당신을 비난하고 있는 게 아니야. 아아, 하지만 나는 정말이지 미칠 것 같았어. 내게는 당신을 보호할 아무런 권리도 없다는 걸 알았을 때, 내가 도저히 당신을 가질 수 없다는 걸 알았을 때, 그런데 그 권리를 가진 사람은 당신을 조금도 돌봐주지 않는다는 걸 알았을 때……."

"제발 그이를 책망하지 마세요. 그이가 당신에게 잘못한 건 아무것도 없어요. 제발 그분 체면을 더럽히지 마시고 빨리 물러가주세요."

"알았소, 가겠소. 이제 장터에서 설교하기에도 늦었고, 그렇지 않더라도 더 이상 설교는 할 수 없을 것 같소. 아아, 그런데 과연 내가 당신을 멀리할 수 있을까? 오, 테스, 한 번만이라도 내게 안겨줄 수 없겠소?"

"안 돼요! 절대로 안 돼요! 어서 제 눈앞에서 사라지세요!"

"아, 좋아요. 잘 알았소."

더버빌은 괴로운 듯 입술을 지그시 깨물었다. 그의 눈에서는 이미 세속적이건 종교적이건 신앙의 빛은 흔적도 없이 사라지고 말았다. 개심한 뒤 얼굴 주름 아래 파묻혀 죽은 듯 숨어 있던 그 옛날의 욕정이, 갑자기 부활하듯이 한꺼번에 솟구쳐 오른 것이었다.

며칠이 흘렀다. 플린트콤 애쉬 농장에서는 마지막 밀 낟가리

타작 일이 한창이었다. 먼동이 틀 무렵이어서 동쪽 하늘은 지평선이 어딘지 분간하기 어려울 정도로 흐릿했다.

테스는 쉴 새 없이 땀을 뻘뻘 흘리며 일을 하고 있었다. 테스는 하도 일에 열심이어서 자신이 일하는 모습을 한 사내가 낟가리 밑에서 유심히 보고 있음을 알아차리지 못하고 있었다. 그 사내는 요즘 유행인 양복을 입고 사치스러운 단장을 휘두르고 있었다.

그는 바로 전도사였던 알렉 더버빌이었다. 그의 모습은 완전히 달라져 있었다. 수염도 말끔히 깎고 있었다. 한눈에도 본래 그의 모습, 욕망에 찬 속세의 모습이 되살아난 것을 알 수 있었다. 나이를 서너 살 더 먹었을 뿐, 테스가 사촌 오빠로 알았던 그 시절, 자기를 아름답다고 찬미하며 유혹했던 그 시절의 멋쟁이 모습으로 되돌아간 것이었다.

테스는 숙소에서 가져온 팬케이크를 간편한 점심으로 먹으면서 외진 곳에 앉아 있었다. 다른 사람들도 모두 낟가리 밑에 모여 각자 점심을 먹고 있었다.

그를 보자 그녀가 온몸에서 원망의 기운을 내뿜으며 외쳤다.

"정말, 왜 이렇게 괴롭히는 거예요?"

"내가 당신을 괴롭힌다고? 도리어 내가 묻고 싶군. 당신은 도대체 왜 나를 이렇게 괴롭히는 거요?"

"뭐라고요? 내가 언제 당신을 괴롭혔단 말이에요?"

"날 괴롭힌 적이 없단 말이지? 그렇지 않아. 당신은 늘 내 곁에 붙어 다니고 있거든. 지금 나를 쏘아보는 그 눈! 그 눈이 언제나 나를 노려보고 있단 말이야. 당신 내게 우리들 아이 이야기를 했지? 그러자 하느님을 향했던 내 마음의 물줄기가 갑자기 당신 쪽으로 한꺼번에 쓸려버렸단 말이야. 내게서 종교의 물줄기가 바싹 말라버린 것, 그건 바로 당신 때문이야."

테스는 어이가 없었다.

"뭐라고요? 전도를 아예 그만두었다고요? 하지만 그게 왜 내 탓이에요?"

"그래, 당신은 정말 기막히게 복수한 셈이지. 열렬한 신자가 되었던 나를 부추겨서 다시 지옥에 떨어뜨린 거야. 하지만 내 사촌 동생, 당신의 이 아름다운 얼굴을 보고 어찌 흥분하지 않을 수 있겠소? 아무리 사도 바울이라 하더라도 당신의 아름다움 앞에서는 전도의 길을 계속하지 못했을 거야. 자, 날 좀 봐요, 테스. 난 예전 모습 그대로라니까."

"아, 아니에요! 그 전과 달라요! 아아, 왜 신앙을 버리고 제게 이렇게 치근거리는 거예요?"

"몇 번 말해야 알겠어? 당신의 예쁜 얼굴이 신앙을 쫓아버렸다니까. 그리고 걱정하지 마. 그렇게 해준 당신에게 나는 지금 고마워하고 있으니까. 게다가 당신이 너무 불쌍해. 당신이 사랑하는 사람에게 버림받았으니까. 게다가 그 사람이 누군지 말해주지 않으니 꼭 신화 속에 나오는 사람 같아. 당신에게 남편이 있다고 하더라도 지금 당신 가까이 있는 건 바로 나야. 당신을 어려움에서 구해낼 수 있는 건 바로 나야. 그리고 나를 타락시킨 건 바로 당신이야. 당신도 그 책임을 나누어 가져야 해. 당신이 남편이라고 말하는 그 목석같은 인간하고는 영영 헤어지라고."

그는 테스의 허리 쪽으로 두 팔을 뻗었다. 그러자 그때까지 아무 말이 없던 테스는 무릎 위에 놓았던 장갑의 목을 잡더니 더버빌의 얼굴을 후려쳤다. 장갑은 병사들이 끼는 묵직하고 투박한 것이어서 철썩 소리를 내며 사나이의 입가를 가격했다. 마치 기사였던 옛 조상의 솜씨가 그대로 나타난 것 같았다.

사내는 벌떡 자리에서 일어났다. 그의 입가에서는 금세 피가 뚝뚝 떨어져 내리고 있었다. 하지만 그는 곧 마음을 가다듬고 주머니에서 손수건을 꺼내 입가를 닦았다. 테스도 벌떡 일어났다가 다시 주저앉았다.

마치 손아귀에 잡힌 참새가 마지막으로 애처롭게 발버둥 치듯, 테스는 사내를 노려보며 말했다.

"자, 마음대로 벌을 주세요. 때리든지 짓밟든지. 소리도 지르지 않겠어요. 기왕에 희생된 몸, 더 이상 벌을 피하려고 하지 않겠어요."

"아니, 내가 그럴 수 있나. 내 이번 일은 깨끗이 용서해주겠소. 하지만 당신은 내가 결혼해달라는데도 거절했소. 그건 정말로 화가 나는걸. 이봐요, 내가 당신 전 주인이었다는 걸 잊지 마. 나는 기어코 당신의 주인이 되고 말 거야. 당신이 그 누구의 아내이건 말건 당신은 내 거야! 자, 지금은 그냥 가겠어. 하지만 오후에 다시 올 거야. 그때까지 대답을 준비해놔. 당신은 아직 나라는 사람을 잘 몰라. 하지만 나는 당신을 잘 알고 있지."

말을 마치자 그는 자리에서 일어나 재빨리 사라졌다.

그가 가고 난 후에도 테스는 일이 너무 바빠 아무 생각도 하지 못했다. 이윽고 오후에 더버빌이 다시 찾아왔다. 그가 주인을 어떻게 구워삶았는지 주인은 테스에게 잠시 일을 쉬어도 좋다고 했고 그는 테스를 남들이 보지 않는 곳으로 데려갔다. 테스는 남들의 눈이 있어서 잠자코 따라갈 수밖에 없었다.

"왜 또 오신 거예요. 제게 모욕까지 당했잖아요."

"나는 당신이 하는 말이나 행동에 일일이 화를 낼 만큼 바보가 아니야."

그의 말투는 이전 트란트릿지 시절의 유혹적인 말투로 바뀌어 있었다.

"그 조그만 몸뚱이를 왜 그렇게 떨고 있나? 자, 당신 내 말대로 하면 이렇게 힘들게 일을 하지 않아도 되는데, 여간 고집쟁이가 아니로군. 나는 탈곡하는 힘든 일은 여자에게 시키는 법이 아니라고 주인에게 말했어. 이건 여자가 할 일이 못 돼. 자, 이 일은 집어치우고 당신 숙소로 가요. 내가 바래다주겠소."

테스도 더 이상 일을 할 기운이 없었다.

"그러세요. 원한다면 바래다주세요. 당신은 내가 생각했던 것보다 친절한 사람인지도 모르지요. 제게 친절을 베풀어주신다면 그건 받아들이겠어요. 하지만 무슨 딴마음을 품고 그러시는 거라면 전 화를 낼 거예요."

"좋소. 우리가 설사 결혼을 하지 못하더라도 난 당신을 도와줄 수 있소. 그리고 앞으로는 당신의 의사를 그대로 따르면서 당신을 도울 작정이야. 내가 아무리 전도를 그만두었다 하더라도 내게는 선한 마음이 조금은 남아 있다오. 나는 당신뿐 아니라 당신 가족 전체를 이 고통에서 구해줄 힘을 갖고 있어. 당신만 믿고 내 말을 따라준다면 당신 식구들을 모두 편하게 살게 해주겠다고 약속할 수 있어."

"아아, 안 돼요. 설사 우리 가족을 도와주더라도 내가 모르게 도와줘요. 아네요. 우리 가족을 도와주면 안 돼요! 당신에게는 아무런 도움도 받고 싶지 않아요!"

더버빌은 그 이상 더는 그녀에게 조르지 않았다. 그는 숙소까지 그녀를 바래다준 후 다시 제 갈 길을 갔다.

테스는 홀로 숙소에 앉아 곰곰 생각에 잠겼다. 그런 후 책상에 앉아 클레어에게 편지를 썼다.

그리운 남편에게,

당신, 이렇게 부르는 걸 용서해주시겠어요? 하지만 저는 그렇게 부를 수밖에 없어요.

아아, 저는 지금 정말 괴로워서 누구에겐가 하소연할 수밖에 없어요. 그리고 하소연할 사람은 당신뿐이에요.

저는 지금 유혹의 손길 앞에 놓여 있어요. 저를 유혹하려는 사람이 누구인지는 차마 무서워서 말씀드릴 수가 없거니와 도대체 그런 이야기는 쓰고 싶지도 않아요.

아아, 제게 어떤 무서운 일이 닥치기 전에, 당신 제게 와주실 수는 없나요? 하지만 당신은 아득히 먼 곳에 계실 테니…….

당신이 곧 돌아오시지 않거나, 제가 당신 곁으로 갈 수 없다면 저는 곧 죽고 말 거예요. 제가 용서받지 못할 죄를 지었다는 것, 저도 잘 알고 있어요. 당신이 저를 못마땅해하시는 게 당연하다는 것도 저는 잘 알고 있어요. 하지만 엔젤, 이치로만 따지지 마시고, 저를 좀 더 정답게 생각해주실 수는 없나요?

아아, 제게 돌아와주세요. 당신이 돌아와주신다면 당신 품에 안겨 죽고 싶어요. 저를 용서해주신다면 당장 죽어도 여한이 없겠어요. 저는 오로지 당신만을 위해 살고 있는 몸이에요. 당신은 저를 버리셨지만 저는 당신을 조금도 원망하지 않아요. 그러니 제발 제게 돌아와주세요. 아아, 당신이 곁에 없으니 저는 정말 외로워서 못 견디겠어요. 이 외로움을 저 혼자 어떻게 견디란 말인가요?

아아, 당신이 '이제 곧 돌아가겠소'라고 한 마디만 써서 보내주신다면! 그러면 엔젤, 저는 어떤 고생이라도 참고 기다리겠어요. 아아, 엔젤, 제 마음은 옛날 낙농장 시절과 조금도 변함이 없어요. 당신이 열렬히 사랑하시던 그때의 테스 그대로예요.

당신의 사랑을 받으면서 제 과거는 흔적도 없이 사라졌었지요. 저는 당신에게서 새로운 생명의 기운을 받아 다시 태어났던 거예요. 완전히 다른 여자가 된 거예요. 그런 저를 어떻게 과거의 테스라고 말할 수 있었지요? 당신은 왜 그걸 전혀 깨닫지 못했던 거지요? 엔젤, 당신은 한 여자를 완전히 다른 여자로 만들 만한 어마어마한 힘을 지니신 분이에요. 그 사실을 당신 스스로 깨달을 만큼 당신 자신을 믿는다면, 당신은 당신의 불쌍한 아내 곁으로 돌아오실 거예요.

평생 당신이 저를 사랑해주시리라고 믿었던 제가 어리석었던 건 사실이에요. 그런 행복은 저같이 보잘 것 없는 여자가 바랄 것이 못 된다는 것을 저는 왜 몰랐을까요? 하지만 제가 지금 바라는 건 그런 행복이 아니에요. 저는 당장 눈앞에 닥친 고난 때문에 너무 괴로워하고 있어요. 그런데도 영영 당신을 다시 만날 수 없다니…….

당신이 도저히 돌아오실 수 없다면 저를 당신 곁으로 불러주세요. 저는 지금 무서운 사내의 협박에 떨고 있답니다. 물론 그 사내의 요구를 받아들일 마음은 티끌만큼도 없어요. 하지만 무슨 뜻밖의 일이라도 생길까봐 너무 무서워요. 게다가 제 몸을 고이 지킬 힘이 제게는 없어요. 아아, 만일, 만일, 그런 일이 벌어진다면…… 그건 제가 처음에 제 몸을 지키지 못했을 때보다 훨씬 무서운 일이 될 거예요. 오, 하느님……. 그런 일은 생각만 해도 무서워요.

엔젤, 제발 저를 당신 곁으로 데려가주세요. 아니면 한시라도 빨리 제게 돌아와주세요. 비록 당신의 아내가 아니라 당신의 종으로 살게 되더라도 저는 만족하겠어요. 아아, 저는 하늘 위에서건, 이 땅에서건, 아니면 저 지하에서건, 오로지 당신과 만나고픈 소원이 이루어지길 빌 뿐이에요.

부디 돌아와주세요. 돌아오셔서 저를 괴롭히는 유혹에서 저를 구해주세요.

애타는 마음을 담아
오로지 당신께만 순정을 바치는 테스가

테스는 그 편지를 엔젤의 아버지인 클레어 목사에게 보냈다.

엔젤이 자기에게 소식을 전하려면 자기 아버지를 통해 보내라
고 테스에게 일러두었던 것이다. 클레어 목사는 그 편지를 먼
이국땅 아들의 최근 주소로 발송했다.

제3장

이제 우리의 눈길을 엔젤 클레어에게로 잠시 동안 옮겨 보기로 하자.

테스가 자신의 절절한 사연을 읽어주기를 바라고 있는 엔젤의 두 눈은, 노새를 타고 남아메리카 대륙의 내륙 지방에서 해안 지방을 향해 가며 끝없이 넓게 펼쳐진 이국땅을 바라보고 있었다.

그는 브라질에 와서 비참한 경험을 했다. 이곳에 도착하자마자 큰 병에 걸려 농장을 경영하려던 꿈을 거의 포기해야만 했다. 하지만 그는 그런 사정을 부모에게는 알리지 않았다. 사실 그의 장래 계획은 브라질로 이민 와서 농장을 경영하는 것이 아니었다. 그는 영국 북부나 남부에서 정착할 작정이었다. 하지만 테스와의 사이에 있던 일로 일시적 절망에 빠져 이곳으로 온 것이었다. 자신을 고통스럽게 만드는 현실에서 도피하고 싶다는 생각에, 당시 영국 농민들 사이에 대단히 인기가 있었던 브라질 이민 열기에 편승해서 이곳으로 온 것이었다.

그는 고국을 떠나 있는 동안 10년 이상 나이를 먹은 것 같았다. 이제 그의 마음을 끄는 인생의 가치도 달라졌다. 그에게 인생은 아름다운 것이 아니라 슬픈 것이 되었다. 그리고 자신이 지니고 있던 도덕적 잣대마저 낡은 것으로 의심하게 되었다.

도대체 도덕적인 인간이란 어떤 사람을 말하는 것일까? 좀 더 정확히 말해 도덕적인 여자란 어떤 여자를 말하는 것일까? 한 여자를 올바른 여자와 더러운 여자로 가르는 기준은 과연 무엇일까? 그것은 결코 그 여자의 행실 하나만으로는 판단할 수 없는 것이다. 무슨 이유로, 무엇을 위해 그런 행실을 했는가가 더 중요한 것이 아닌가? 더욱이 그것은 과거에 그가 행한 일에 의해 결정될 것이 아니라 앞으로 가려고 하는 길에 의해 결정되어야 하는 것 아닌가?

그러자 테스에 대해 내렸던 자신의 판단이 너무 성급했다는 생각에 그의 마음이 무거운 것에 억눌리듯 괴로워졌다. 나는 과연 테스를 그렇게 물리쳤어야만 했나? 아니, 과연 그녀를 끝까지 물리치기나 한 것인지? 그는 스스로도 대답을 할 수 없었다. 그의 마음속에는 이미 그녀를 용서한다는 생각이 고개를 들고 있었던 것이다.

엔젤에게 그런 생각이 든 것은 바로 테스가 플린트콤 애쉬 농장에서 일을 시작했을 때였다. 그때 테스는 자신의 어려운 처지를 일일이 엔젤에게 편지로 알리지 않으리라 결심하고 있을 때였다. 엔젤은 그녀에게서 아무 소식이 없자 매우 당황했다. 그리고 그녀가 새로운 삶을 시작해서 잘 지내고 있다고 오해했다. 자신을 잊었을지도 모른다고 오해했다.

그는 그녀의 침묵을 이해하지 못했다. 그녀는 그가 일러준 분부를 그대로 지키고 있었을 뿐이었다. 그리고 그는 자기가 그런 분부를 했다는 것도 잊고 있었다. 테스가 엔젤의 말이라면 모두 옳다고 생각하고, 자신의 권리는 하나도 내세우지 않은 채 묵묵히 순종하고 있었다는 것을 그는 이해하지 못했던 것이다.

노새를 타고 내륙을 횡단하고 있는 엔젤 곁에는 한 사나이가 동행하고 있었다. 엔젤과 고향은 다르지만 역시 영국 사람으로 엔젤과 같은 목적으로 브라질에 온 사람이었다. 둘은 모두 침울한 기분으로 고향 이야기를 나누고 있었다. 엔젤은 그에게 자신의 결혼과 관련된 이야기를 그에게 모두 털어놓았다. 이국에서 함께 고생한 동포로서 마음이 통했기 때문이었다.

그는 엔젤보다 많은 나라를 떠돈 사람이었다. 그는 엔젤이 절대적이라고 생각하는 사회 규범이나 윤리는 지구 전체라는 좀 더 넓은 관점에서 본다면 아주 부분적이고 편협한 것이라고 말했다. 또한 과거에 테스가 어떤 여자였는가 하는 문제는 그녀가 앞으로 어떻게 살아갈 것인가 하는 문제에 비하면 하등 문제 삼을 것이 못 된다며 그녀를 버린 것은 클레어의 잘못이라고 솔직하게 말했다.

그의 말을 듣자 엔젤은 한없이 부끄러웠다. 그리고 결혼식 날의 테스의 모습을 머리에 그려보았다. 아아, 그녀는 자신의 말을 마치 하느님의 말인 양 절대적으로 믿고 있지 않았는가? 고백을 하는 그녀의 영혼은 그 얼마나 순박했던가? 자신을 보호해주리라 믿었던 남편, 자신을 여전히 사랑해주리라 믿었던 남편이 자신을 냉정하게 밀어낸 순간, 그녀의 표정은 그 얼마나 애처로웠던가!

이제까지 테스에 대한 비난으로 가득 찼던 그의 머리는 이제 후회로 가득 찼다. 아니, 후회만이 아니었다. 그의 머리와 가슴은 그녀의 모든 행동을 옹호하고 있었다. 그는 늘 자신이 지녀

왔던 태도, 즉 남을 비판하고 비웃는 태도를 버리고 자신을 한껏 비웃었다.

이제 다시 우리의 눈길을 테스에게로 옮기기로 하자. 엔젤에게 자기 곁으로 돌아와달라는, 자신을 그의 곁으로 불러달라는 애절한 편지를 쓰고 난 테스는 그 편지 내용대로 그가 돌아오기를 간절히 바랐다. 하지만 그가 돌아와주었으면 하는 소망은 간절했지만 그가 돌아오리라는 희망은 그만큼 강하지 못했다. 그가 자신을 내친 자신의 지난 허물이 도저히 벗겨질 수 없는 것이라는 생각 때문이었다.

이제 완연한 봄이 되었다. 하지만 테스는 꿈결 같은 환상 속에서 세월이 흐르는 것도 의식하지 못하고 지내고 있었다.

그러던 어느 날 뜻밖의 일이 일어났다. 그녀가 하숙집 방에서 동료들과 함께 있을 때 누군가 문을 두드리며 그녀를 찾았다. 테스가 문을 열고 보니, 키는 어른만 하지만 아직 어린 티를 못 벗은 처녀 한 명이 서 있었다. 처녀는 저녁 햇빛을 등지고 서 있어서 그녀가 "테스 언니"라고 말할 때까지 누구인지 알아볼 수 없었다.

"아니, 리자 루 아니니?"

테스는 놀라서 외쳤다. 얼마 전만 해도 아직 어린애 같았던 바로 아래 동생 엘리자 루이자가 1년 남짓 사이에 이렇게 훌쩍 큰 모습으로 그녀 앞에 나타난 것이다.

"응, 언니, 나야. 엄마가 위독하셔서 찾아왔어. 의사가 회복하기 어렵다고 하셔. 아버지도 몸이 불편하셔. 일도 안 하셔. '이제 우리는 어떻게 해야 하나' 해서 언니를 찾아온 거야."

테스는 멍한 표정으로 서 있었다. 겨우 정신을 차린 그녀는 동생에게 들어오라고 한 후 차를 내주었다. 동생이 차를 마시는 동안 그녀는 생각했다. '그래, 아무래도 집으로 돌아가야겠어. 계약 마감일이 아직 안 되었지만 그때까지 며칠 남지 않았으니 지금 바로 떠나도 별 문제 없을 거야. 그래, 더 망설일 것도 없어. 지금 바로 떠날 거야.'

그녀는 동생에게 저녁을 먹인 후, 피곤할 테니 여기서 하룻밤 자고 돌아오라고 말한 다음 혼자서 집을 향해 출발했다.

테스가 어두운 길을 더듬어 마롯 마을 어귀에 도착했을 때는 어느덧 새벽 3시쯤이었다. 테스는 아무도 놀라게 하고 싶지 않아 살며시 문을 열었다. 어머니는 마침 잠이 드셨는데, 어머니 병간호를 해주던 이웃 사람이 와서 별 차도가 없다고 말해주었다. 테스는 아침 식사 준비를 해놓은 다음 어머니 방에서 병시

중을 들며 밤을 새웠다.

아침에 동생들을 보니 1년 남짓한 기간에 동생들은 몰라보게 커져 있었다. '이제 동생들 뒤는 내가 봐줘야 해. 그러려면 정말 열심히 일해야 해.' 그녀는 집안을 자신이 건사해야 한다는 생각에 자신의 근심 걱정은 잊어버렸다.

아버지는 불편한 몸으로 의자에만 앉아 계셨다. 그래도 오랜만에 맏딸의 모습을 보아서인지, 자못 명랑한 표정이었다. 하지만 아버지 입에서는 여전히 가문 이야기가 나왔고, 고고학자들에게 기부를 부탁하면 살아갈 수 있다는 허황된 이야기만 나왔다. 테스는 아버지의 말에 아무런 대꾸도 하지 않았다.

테스는 다음 날부터 감자 종자를 구해다 심었고, 마을에서 200미터 정도 떨어진 곳의 소작농 밭에서 품앗이 일을 하기 시작했다. 그사이 어머니의 병은 간호가 필요 없을 정도로 많이 호전되었다.

어느 날 테스는 열심히 쇠스랑으로 밭을 파헤치고 있었다. 그녀는 하도 일에 열심이어서 어느 순간 바로 자기 옆에서 어떤 사나이가 나타나, 함께 일을 하고 있다는 것도 알아차리지 못했다.

그러던 어느 순간 테스가 잠시 허리를 꼿꼿이 세우고 몸을 추스르자 그도 허리를 세웠다. 그의 얼굴을 본 순간 그녀는 깜짝 놀랐다. 그는 일꾼 복장을 한 우스꽝스런 모습의 알렉 더버빌이었던 것이다. 그녀를 보자 그는 빙그레 웃음을 지었다.

"마치 천국에 있는 것 같다는 농담이라도 하고 싶어지는군."

"뭐라고요?"

"정말 여긴 천국이야. 당신은 이브고, 난 이브를 유혹하러 온 뱀이니까. 그러니 여긴 영락없는 천국이잖아."

"내가 언제 당신을 사탄이라고 했어요? 당신을 그렇게 생각한 적은 없어요. 당신이 저를 모욕할 때만 아니면, 제게 당신은 그냥 보통 남자일 뿐이에요. 그런데 그런 옷을 입었다니, 지금 내 밭일을 도와주려고 오신 거예요?"

"그럴 리가 있나. 당신이 이런 일을 하는 건 영 어울리지 않아. 난 이걸 말리려고 온 거야. 이 옷은 사람들 눈에 안 띄려고 오는 길에 산 거야. 난 당신을 편하게 해주려고 온 거야. 내가 당신을 도와줄 거라고."

"아, 알렉, 안 돼요. 당신 도움은 받고 싶지 않아요. 제발 저를 도와주겠다는 생각은 말아요. 저 혼자서도 열심히 살아갈 수 있어요."

"그래? 동생들은 어쩌려고? 당신 어머니가 병이 낫지 않으면 누가 애들을 돌봐줄 거야? 당신은 또 일을 찾아 어디론가 가야 하잖아. 당신 아버지가 다시 일을 할 수 있을 것 같지도 않고……."

그는 테스의 아픈 곳을 정통으로 찌른 셈이었다. 그러나 테스는 흔들리지 않았다. 그녀가 막무가내로 싫다고 하자 그는 화를 내며 가버렸다.

테스는 더 이상 일을 할 수 없었다. 아무래도 더버빌이 아버지를 찾아간 것 같았다. 그리고 아버지는 쉽게 그의 유혹에 넘어갈 것 같았다. 그녀는 밭을 고르던 쇠스랑을 들고 집 쪽으로 바삐 걸음을 옮겼다.

테스가 집 가까이 갔을 때였다. 그녀는 집에서 막 나오던 어린 동생과 마주쳤다.

"아, 언니. 큰일 났어. 엄마는 병이 다 나았는데 아버지가, 아버지가 돌아가셨어."

"아니, 아버지 병은 대단치도 않았는데!" 테스는 울부짖었다.

그때 바로 밑의 동생 리자 루가 달려 나왔다.

"언니, 아버지가 돌아가셨어. 의사 말로는 심장마비래."

사실 그대로였다. 위독하던 어머니는 회복되었고 몸이 좀 불편하던 아버지는 숨을 거두었다. 이 슬픈 소식은 단순히 아버지가 돌아가셨다는 것 이상의 의미를 띠고 있었다. 그들이 살고 있는 가옥과 토지는 3대 동안의 기간으로 임대차 계약이 되어 있었고 아버지가 바로 그 마지막 3대였다. 아버지가 돌아가셨다는 것은 그 계약이 종료되었다는 것을 뜻했다. 이 집을 탐내는 소작인들이 많았기에 계약을 연장하는 것도 불가능했다.

제4장

이제 더비필드 가족들은 그곳을 떠나 다른 곳으로 이사할 수밖에 없었다.

이사하기 전날 밤, 흐린 하늘에서 비가 내리고 있었기에 여느 때보다도 밤이 빨리 찾아왔다. 식구들은 친지들에게 작별인사를 하려고 출타 중이었고 그럴 기분이 아닌 테스 혼자 집 안에 있었다. 그때 창문을 향해 하얀 비옷을 입은 사나이 한 명이 말을 타고 다가왔다. 알렉 더버빌이었다. 그의 손짓에 테스가 창문을 열자 그가 말했다.

"아니, 짐을 꾸리는 것 같은데 무슨 일이 있었소? 나를 피해 어디로 도망가려는 건가?"

"우리는 이 집에 아버지 대까지 살게 되어 있었어요. 그런데 아버지가 돌아가셨으니 더 이상 여기 살 수가 없어요. 매주 삯을 치르는 사글세로도 있을 수가 없어요."

"아니, 그래서 어디로 갈 셈인데?"

"킹즈비어로 가요. 벌써 거기다 셋방을 얻어 놓았어요. 조상들이 그쪽에 살았다고 어머니가 결정하신 거예요."

"하지만 당신네 그 많은 식구들이 좁은 셋방에서 살기는 힘들걸. 더욱이 그렇게 구멍처럼 좁은 마을에서 어떻게 살겠다고. 이봐, 트란트릿지의 우리 집 별채로 안 오겠어? 당신 어머니도 거기서는 편하게 지낼 수 있을 거고, 아이들은 모두 좋은 학교에 보내줄게."

"하지만 우리는 이미 킹즈비어에 셋방을 얻어 놓았어요. 거기서 기다리며 살다보면⋯⋯."

"기다린다고? 거기서 뭘 기다린다는 거지? 아, 그 잘난 남편? 그 남자가 당신을 받아들일 것 같아? 절대 아닐걸. 남자란 종족이 어떤 건지는 내가 잘 알아. 그 남자를 기다리는 건 헛일이야. 그보다는 가까이서 도와주겠다는 내 말을 듣는 게 나아."

테스가 고개를 계속 흔들자 그가 말했다.

"어쨌든 이 일은 당신이 결정할 일이 아니야. 당신 어머니가 결정할 일이지. 어머니랑 상의해. 난 내일 아침 그 별채를 깨끗이 청소하고 칠도 새로 해놓고, 불도 피워놓겠소. 저녁 때 당신들이 도착할 때쯤이면 칠도 말라 있을 테니 곧장 거기서 지낼 수 있을 거야."

"아아, 당신이 전처럼 그냥 종교에 미쳐 있었다면!"

"아니, 그때보다 내 마음은 더 경건해. 내가 지은 죄를 조금이나마 갚을 수 있는 기회니까."

그 말과 함께 그는 말을 타고 사라졌다.

그가 가버린 후 테스는 꼼짝도 않고 앉아 있었다. 그러자 이제까지 단 한 번도 들지 않았던 생각, 자신이 남편 엔젤에게 너무 푸대접을 당하고 있다는 생각이 들었다. 알렉 더버빌의 끊임없는 치근거림에 지친 나머지, 그런 생각이 든 것이었다.

'정말이야! 그이는 너무 매정했어! 내가 일부러 잘못을 저지르려고 한 적은 단 한 번도 없었잖아! 설령 내가 잘못을 저질렀다 할지라도 그건 그냥 실수에 불과하잖아? 그런데 어째서 이렇게 가혹한 벌을 받는 거지? 저렇게 지긋지긋한 사람에게 이토록 시달리게 만드는 거지?'

테스는 눈에 보이는 대로 종이를 집어 들더니 그 위에 글발을 휘갈겼다.

아, 엔젤, 당신은 어째서 저를 이렇게 가혹하게 대하시나
요? 저는 이런 대접을 받을 만큼 나쁜 여자가 아니에요.
곰곰 생각해보니 당신을 도저히 용서해드릴 수 없어요!
제가 당신을 망치겠다는 생각을 조금도 하지 않았다는
건 당신도 알잖아요. 그런데 왜 이렇게 저를 괴롭히세요.
당신은 정말 매정하세요. 정말 인정머리라고는 없는 분
이에요. 이제부터 당신을 잊으려고 애쓰겠어요. 제가 당
신에게서 받은 대접은 너무나 부당해요!

T

이튿날 새벽 3~4시, 아이들은 그냥 잠을 자게 내버려두고 어
머니와 테스, 리자와 에이브러햄 넷은 이사 준비를 했다. 밖에
는 그들이 세를 낸 짐마차가 벌써 도착해 있었다.

친절한 이웃 사람들이 와서 도와주었기에 마차에 짐을 싣는
일은 수월하게 끝낼 수 있었다. 이윽고 마차에 짐을 모두 싣자
아이들을 깨워 마차에 태우고 가족은 새벽에 길을 출발했다.
때는 4월 초순이었다.

길은 멀었다. 더욱이 하루 만에 가야 할 길로서는 까마득한
여정이었다. 이른 새벽에 출발했지만 가족은 늦은 오후가 되어

서야 목적지에 도착할 수 있었다. 그들이 마을 어귀에 도착했을 때 한 사나이가 그들 쪽을 향해 걸어오는 모습이 보였다. 그는 짐마차에 실린 이삿짐들을 바라보더니 종종걸음으로 다가와서 어머니에게 말했다.

"혹시 더비필드 부인 아니신가요?"

어머니는 나머지 길은 걸어서 갈 생각으로 마차에서 내려서 걷고 있었다.

어머니가 고개를 끄덕이자 그가 말을 이었다.

"이거 어떻게 하나? 댁에서 구하시던 셋방에 이미 다른 사람이 들었다는 소식을 전하러 왔는데요. 댁들이 오늘 올 줄은 까맣게 모르고 있었는데……. 하지만 어디 다른 곳에 셋방을 구할 수 있겠지요."

이게 도대체 무슨 일이란 말인가? 테스의 얼굴이 파랗게 질렸다. 하지만 어머니는 언제나처럼 태평이었다.

"조상의 땅에 와서 대접 한번 잘 받는구나. 하지만 어디 가서 오늘 하루 지낼 곳을 못 찾겠니?"

마을로 들어간 그들은 여기저기 셋방을 알아보았다. 하지만 방을 얻지 못했다. 짐마차꾼은 이제 늦었으니 빨리 가봐야 한다고 툴툴거렸다.

"좋아요. 여기다 내려놓아요."

어머니가 앞뒤 생각도 없이 말하자 짐마차꾼은 얼씨구나 하고 짐들을 교회당 묘지 담장 밑 사람들 눈에 띄지 않는 곳에 부려 놓았다. 어머니가 마차 삯을 치르고 나니, 남은 돈이라고는 달랑 1실링밖에 되지 않았다. 돈을 받은 짐마차꾼은 뒤도 돌아보지 않고 가버렸다.

테스는 기가 막혀 산더미같이 쌓아놓은 세간들을 바라보았다. 저녁 햇빛을 받은 세간들이 마치 이런 길바닥에 내동댕이쳐진 자신들의 신세를 한탄하는 것처럼 보였다.

그런데 그곳 교회 옆에는 바로 옛날 더버빌가의 저택이 서 있던 자리임을 알려주는 주춧돌이 있었고 바로 옆에 더버빌가의 납골당이 있었다. 어머니는 교회와 묘지를 두루 둘러보고 와서 말했다.

"우리 조상의 납골당은 어엿한 우리 부동산이 아니겠니? 자, 우리 집을 구할 때까지 여기서 지내기로 하자. 하룻밤이야 못 지내겠니?"

테스는 내키지 않았지만 도리가 없었다. 대충 침대를 교회 남쪽 벽 밑에 세우고 둘레에 커튼을 둘러치자 그럴 듯한 천막이 되었다. 아이들을 그 안으로 들어가게 한 후 어머니가 다시 말했다.

"그래도 방을 구하러 좀 다녀봐야겠다. 애들 요깃거리도 좀 구해야 하고……. 얘, 테스야, 네가 신사 양반에게 시집을 갔어도 아무 소용없구나. 우리를 이런 꼴로 만들어놓고……."

어머니는 리자 루와 에이브러햄을 데리고 읍내 쪽을 향해 발길을 옮겼다. 그때였다. 그들은 말을 타고 오던 어떤 사나이와 마주쳤다. 알렉 더버빌이었다.

"아, 마침 잘 만났네. 힘들여 찾고 있던 중이었는데……. 테스는 어디 있소?"

알렉을 못마땅하게 생각하고 있던 어머니는 손가락으로 교회를 가리킨 후 그대로 가던 길을 재촉했다.

테스는 천막 안 침대 곁에서 아이들에게 이야기를 들려주다가 주변이라도 한 바퀴 돌아볼 생각으로 천막 밖으로 나왔다. 테스는 묘지 여기저기를 돌아다니다가 교회 옆의 문 하나가 열려 있는 것을 보고 그 안으로 들어가보았다. 그런데 그곳은 바로 조상들의 무덤이 있는 곳이었다. 안으로 들어가니 입구에 '더버빌가 묘지지문(墓地之門)'이라는 글이 새겨진 검은 돌이 있었다.

테스는 잠깐 그 안에 들어갔다가 뒤돌아 나오면서 오래된 제

단 모양의 무덤 옆을 지나고 있었다. 그런데 그 위에 사람이 한 명 누워 있었다. 어두웠기에 그가 꿈틀거리지 않았다면 못 알아보고 그냥 지나쳤을 것이다. 그녀는 소스라치게 놀랐다. 더욱이 그가 다름 아닌 알렉 더버빌이라는 것을 알았을 때는 그 자리에 그대로 쓰러질 것 같았다.

그가 벌떡 일어나더니 그녀를 붙잡아주며 말했다.

"아까 당신이 들어오는 걸 봤지. 뭔가 생각에 잠겨 있는 것 같아서 방해하지 않으려고 여기 누워 있었던 거야. 여기 발밑에 우리 조상님들이 계시는군. 엄밀히 말하면 당신 조상들이지."

그러면서 그는 발을 굴렀다. 밑에서 텅 빈 울림이 울려왔다.

"이 소리에 당신 조상님들도 놀라겠지? 하지만 땅속에 묻힌 조상 대대로의 진짜 더버빌가 사람들을 다 모아 놓아도, 이 엉터리 더버빌의 손가락 하나 힘만큼도 당신에게 도움이 되지 않을걸. 자, 이제 분부만 내려주시지요. 뭘 해드릴까요?"

"아, 당신이군요. 우리가 세냈던 집에 못 들어가게 만든 게. 오오, 제발 내 눈앞에서 사라지세요!"

"사라져주지. 당신 어머니를 만나봐야 하니까. 하지만 이건 알아둬야 할 거야. 당신도 이제 별 수가 없다는 것을……."

사나이가 사라지자 테스는 납골당 어귀에 무너지듯 주저앉으며 탄식했다.

"오오, 차라리 이 무덤 안에 그대로 있을 수 있다면! 어찌 해서 나는 이 문밖의 세상에서 살아 있는 걸까!"

제 7 부   완수

제1장

저녁 어스름이 깃들고 있는 엠민스터 목사관에서 목사 부부는 아들을 기다리고 있었다. 아들이 보내온 편지 내용대로라면 그는 오늘 돌아오게 되어 있었다.

"이제 올 때가 되었는데……." 목사가 나지막이 속삭였다.

"글쎄 말이에요." 부인이 초조한 듯 대답했다.

드디어 오솔길에 마차 소리가 들리더니 문 앞에서 멈추었다. 클레어 부인은 어두운 복도를 지나 문간까지 뛰어나가며 외쳤다.

"오, 내 아들! 내 아들이에요! 내 아들이 정말 돌아왔어요!"

이윽고 아들을 얼싸안고 방으로 들어온 부인은 아들의 모습을 보고 다시 외쳤다.

"어머나! 너 엔젤 맞니? 엔젤이 아닌 것 같아! 어쩜 이렇게 떠날 때와 달라진 거야!"

아버지도 아들의 모습을 보고 소스라치게 놀랐다. 아들은 이전과는 완전히 다른 쇠약한 모습이었다. 마치 해골을 보는 것 같았고, 움푹 팬 눈두덩에는 병색이 완연했다.

부모님의 놀란 모습을 보고 엔젤이 말했다.

"좀 아팠어요. 하지만 이제 다 나았어요."

오랜만에 집에 돌아온 그는 약간의 현기증을 느끼며 부모에게 말했다.

"요즘 제게 온 편지는 없나요?"

부모는 테스가 최근에 보낸 편지를 그대로 가지고 있었다. 그녀가 편지를 보냈을 때는 이미 엔젤이 브라질을 떠나 영국으로 돌아오고 있는 중이라서 그들이 지니고 있었던 것이다. 그는 부모님이 건네준 편지를 얼른 뜯어보았다.

아, 엔젤, 당신은 어째서 저를 이렇게 가혹하게 대하시나요? 저는 이런 대접을 받을 만큼 나쁜 여자가 아니에요. 곰곰 생각해보니 당신을 도저히 용서해드릴 수 없어요! 제가 당신을 망치겠다는 생각을 조금도 하지 않았다는 건 당신도 알잖아요. 그런데 왜 이렇게 저를 괴롭히세요.

당신은 정말 매정하세요. 정말 인정머리라고는 없는 분이에요. 이제부터 당신을 잊으려고 애쓰겠어요. 제가 당신에게서 받은 대접은 너무나 부당해요!

T

편지 속에서 테스의 안타까운 심정을 읽고 그는 고통스러웠다. 아, 그전 편지에는 돌아와달라고, 자기를 곁으로 불러달라고 그렇게 애절하게 빌던 그녀가 이렇게 자신을 원망하다니! 그간 얼마나 고생이 심했기에!

그는 자신도 모르게 혼잣말을 했다.

"아아, 테스는 이제 나를 받아들이지 않을 거야!"

그는 너무 피곤하다며 부모님께 죄송하다고 말한 후 자신의 침실로 돌아갔다. 그가 적도 지방에서 테스의 편지를 받았을 때는 당장 그녀 품으로 돌아갈 수 있을 것처럼 생각했었다. 하지만 막상 돌아와보니 생각했던 대로 쉬운 일이 아니었다. 자신에 대한 그녀의 생각이 이렇게 변했는데, 불쑥 그녀 앞에 나타난다는 것은 도리어 자신을 향한 그녀의 원망을 더 키울 것만 같았다.

그는 우선 마롯 마을 테스 가족의 주소로 자신이 돌아왔다는 것, 테스가 가족들과 함께 살고 있는지 궁금하다는 간단한 편지를 보냈다. 테스에게 마음의 여유를 갖게 만들기 위해서였다.

그러자 1주일 정도 지나서, 테스의 어머니에게서 회답이 왔다. 그런데 놀랍게도 편지 발신지는 마롯이 아니었으며 주소도 적혀 있지 않았다.

> 몇 자 총총히 적어 보내드립니다. 내 딸은 지금 출타 중이며 언제 돌아올지 모릅니다. 딸이 돌아오는 대로 연락을 드리지요. 지금 딸이 있는 곳은 알려드리기가 심히 거북합니다. 나와 내 가족들은 이제 더 이상 마롯 마을에 살고 있지 않다는 것도 알려드립니다. 당신 편지는 마롯 마을의 이전 우리 집에 살고 있던 사람이 전해주어서 받아볼 수 있었습니다.
>
> J. 더비필드

그는 우선 테스가 건강하게 있다는 소식에 안심했다. 그리고 편지 내용으로 보아 가족 모두가 자신을 원망하고 있음을 알 수 있었다. 그는 테스의 어머니로부터 테스가 돌아왔다는 연락이 올 때까지 기다리기로 마음먹었다.

그러나 하루가 지나고 이틀이 지나도록 그녀에게서는 소식이 없었다. 그는 자신에게 돌아와달라는 테스의 간절한 편지를 다시 읽었다.

그리운 남편에게,
당신, 이렇게 부르는 걸 용서해주시겠어요? 하지만 저는 그렇게 부를 수밖에 없어요.
아아, 저는 지금 정말 괴로워서 누구에겐가 하소연할 수밖에 없어요. 그리고 하소연할 사람은 당신뿐이에요. (……) 당신이 곧 돌아오시지 않거나, 제가 당신 곁으로 갈 수 없다면 저는 곧 죽고 말 거예요. (……) 엔젤, 이치로만 따지지 마시고, 저를 좀 더 정답게 생각해주실 수는 없나요?
아아, 제게 돌아와주세요. 당신이 돌아와주신다면 당신 품에 안겨 죽고 싶어요. 저를 용서해주신다면 당장 죽어도 여한이 없겠어요. 저는 오로지 당신만을 위해 살고 있는 몸이에요. (……)
아아, 당신이 '이제 곧 돌아가겠소'라고 한 마디만 써서 보내주신다면! 그러면 엔젤, 저는 어떤 고생이라도 참고

기다리겠어요. (······)

당신이 도저히 돌아오실 수 없다면 저를 당신 곁으로 불러주세요. (······) 엔젤, 제발 저를 당신 곁으로 데려가주세요. 아니면 한시라도 빨리 제게 돌아와주세요. 비록 당신의 아내가 아니라 당신의 종으로 살게 되더라도 저는 만족하겠어요. 아아, 저는 하늘 위에서건, 이 땅에서건, 아니면 저 지하에서건, 오로지 당신과 만나고픈 소원이 이루어지길 빌 뿐이에요.

부디 돌아와주세요. 돌아오셔서 저를 괴롭히는 유혹에서 저를 구해주세요.

그 편지를 읽자 테스가 얼마나 간절하게 자신이 돌아오기를 원하고 있는지 그는 다시 한번 느꼈다. 그리고 자기를 원망하는 테스의 마음이 일시적인 데 불과할지도 모른다는 확신이 들었다.

그는 테스가 어려움을 호소하러 아버지에게 단 한 번도 찾아오지 않았다는 사실을 알고, 그녀가 자존심 때문에 그러지 못했으리라고 짐작했다. 그리고 그녀가 그 얼마나 궁색한 생활을 했을까 생각했다.

'그래, 내가 직접 그녀를 찾아가보는 거야.'

이튿날 그는 길을 떠났다. 테스의 어머니가 주소를 밝히지 않았으니 우선 마롯 마을로 가서 수소문해보는 수밖에 없었다. 클레어가 알고 있던 테스의 집 주소로 찾아가니 이미 다른 사람들이 살고 있었다.

그 집에 살고 있는 사람들은 클레어에게 친절하게 그간의 사정을 이야기해주었다. 테스가 더없이 혹독한 고생을 했다는 것, 그녀의 아버지인 존 더비필드가 세상을 떠나자 그들이 킹즈비어로 이사를 갔다는 것, 하지만 결국 그곳에 자리를 잡지 못하고 다른 곳으로 갔다는 이야기를 그에게 들려주었다. 그는 다행히 테스의 어머니가 살고 있는 고장 이름을 그들에게서 들을 수 있었다.

그는 저녁 7시쯤 되어서 테스의 어머니가 살고 있다는 마을에 도착해 마차에서 내렸다. 조그마한 마을이어서 그녀의 어머니가 살고 있는 셋집은 쉽게 찾을 수 있었다.

그는 테스의 어머니를 처음 보았지만 한눈에 그녀를 알아볼 수 있었다. 비록 나이는 들었지만 어딘가 테스와 비슷한 데가 있었기 때문이었다. 클레어는 자신이 테스의 남편이며, 여기까지 찾아오게 된 사연을 어색하게 설명했다. 그런데 테스의 어머니는 그가 이곳까지 찾아온 것을 별로 달가워하지 않는 기색이었다.

그가 말했다.

"지금 바로 테스를 만났으면 합니다. 장모님께서 소식을 전하신다고 하셔서 기다렸지만 아무 기별이 없어서 이렇게 찾아왔습니다."

"그 애가 돌아오지 않아서 그랬다우."

"지금 그녀가 어디 있는지 아시면 알려주십시오."

"그게, 그게…… 실은 나도 어디 있는지 잘 몰라서……."

뭔가 숨기는 기색이 분명했다.

"제발 장모님, 테스가 있는 곳을 가르쳐주세요! 이 외롭고 불쌍한 사내를 한번 살려주세요!"

테스의 어머니는 그가 괴로워하는 모습을 보자 손으로 그의 뺨을 어루만지며 나지막이 말했다.

"그 애는 지금 샌드보온에 가 있다오."

"샌드보온이요? 정확한 주소는 모르시나요? 거긴 워낙 넓은 곳 아닙니까?"

"글쎄 나도 잘 몰라요. 한 번도 가보지 않아서……."

잠시 후 클레어는 샌드보온으로 가는 마지막 열차에 몸을 싣고 있었다.

샌드보온에 도착한 그는 곧장 여관을 잡은 후 아버지에게 전보로 여관 주소를 알려주었다. 그런 후 잠이 오지 않아 밤 11시쯤 산책을 나갔다.

샌드보온은 멋지고 화려한 해수욕장 마을이었다. 방금 떠나온 황무지 마을 한끝에 이토록 화려하고 멋진 쾌락의 도시가 자리 잡고 있다니! 그곳은 영국 해협이 바로 눈앞에 보이는 지중해식 별장 지대였다. 어두운 가운데 바닷물 철썩이는 소리가 들리고 있었다.

농사꾼의 딸인 자기 부인 테스가 이렇게 부유한 동네 어디에서 지내고 있단 말인가? 생각하면 생각할수록 영문을 알 수 없었다. 이곳에도 젖을 짤 낙농장이 있단 말인가? 아무리 봐도 밭갈이할 곳은 없는 게 확실한데……

그는 다시 여관으로 돌아왔다. 하지만 도저히 잠을 이룰 수 없었다. 밤을 거의 꼬박 새다시피 한 그는 다음 날 아침 일찍 여관을 나섰다. 갑자기 좋은 생각이 떠올랐던 것이다. 그의 발길은 우체국을 향하고 있었다.

우체국 문 앞에서 그는 아침 우편물 배달에 나서고 있는 우편배달부를 만나서 물었다.

"혹시 클레어 부인이라는 분의 주소를 아십니까?"

우편배달부가 고개를 가로저었다.

"그렇다면 혹시 더비필드라는 이름은 아시나요?"

"더비필드요? 모르겠는데요. 하지만 백로장이라는 멋진 하숙집에 더버빌이라는 사람이 있긴 있습니다만……."

클레어는 속으로 쾌재를 불렀다.

"그래요, 바로 그 사람입니다. 백로장이라는 곳이 어디에 있는지요?"

우편배달부가 그에게 길을 일러주었고 그는 한달음에 백로장에 도착했다.

그가 현관에서 벨을 누르자 하숙집 안주인으로 보이는 여자가 문을 열었다.

"혹시 더버빌 부인이라고 이 집에 머물고 있는지요? 있다면 친척 되는 사람이 찾아왔다고 말씀 좀 전해주시겠습니까?"

"너무 이른 시각이라서……. 혹시 댁 성함 좀 알려주실 수 있는지요?"

"엔젤이라고 전해주십시오. 그러면 알 겁니다."

"일어나셨는지 가보고 올게요. 우선 저기 식당에서 기다리고 계세요."

식당으로 들어간 클레어는 창문을 통해 밖을 내다보며 기다렸다. 이런 곳에서 지낸다니 분명 테스의 사정이 생각만큼 나쁘지 않은 게 확실했다. 내가 맡긴 보석을 찾아다 판 것일까? 그렇더라도 그녀를 책망하고 싶은 생각은 추호도 없었다.

이윽고 계단을 내려오는 발자국 소리가 들렸다. 그는 숨이 막힐 듯 가슴이 두근거려 제대로 서 있을 수 없을 정도였다.

'이 꼴이 된 나를 보면 테스가 얼마나 놀랄까?' 그는 혼자 나직이 중얼거렸다.

그때 문이 열렸다. 그리고 테스가 문간에 나타났다. 그가 생각했던 모습과는 영 딴판인 테스가 나타난 것이다! 얼굴 모습이야 그대로였지만 반 상중(喪中)인 옷차림이 너무나 우아했다.

클레어는 반가움에 두 손을 내밀었으나 곧 그대로 떨구고 말았다. 테스가 문간에 우두커니 선 채, 안으로 걸어 들어오지 않았기 때문이었다. 클레어는 누런 해골 같은 자기 꼬락서니를 보고 놀라서 그런다고 생각했다.

"테스, 당신에게서 멀리 도망갔던 나를 용서해주겠소? 내게 되돌아올 수 없겠소? 아아…… 당신에게 무슨 일이 있었던 거요?"

"너무 늦었어요."

온 방 안에 테스의 목소리가 날카롭게 울렸다.

"내가 당신에게 정말 잘못했어. 나는 내가 얼마나 잘못했는지 나중에 깨달았다오. 오, 나의 테스!"

그녀는 두 손을 휘저으며 말했다.

"이제 정말, 너무 늦었어요! 제 곁에 가까이 오지 마세요! 엔젤, 정말 그러면 안 돼요!"

"테스, 당신은 나를 사랑하지 않는단 말이오? 내게 돌아와달라고 애원하지 않았소? 난 당신이 나를 반갑게 맞아줄 줄 알았는데……. 내 꼴이 이래서 그러는 거요? 당신은 그런 사람이 아닌데……."

"그랬어요. 당신을 기다렸어요. 지금도 당신을 사랑해요. 하지만 이제 너무 늦었어요."

테스는 아무리 도망치려 해도 도망갈 수 없는 그런 꿈을 꾸고 있는 듯한 표정이었다.

"그래요, 당신을 애타게 기다렸어요. 그리고 편지도 애타게 써 보냈어요. 하지만 당신은 돌아오지도 않았고 아무 연락도 없었어요. 그 사람은 아무리 기다려도 오지 않을 사람을 기다리는 저보고 어리석은 여자라고 말했어요. 그리고 저와 우리

식구들에게 너무 친절하게 대해주었어요.”

“그, 그 사람이라니! 누구 이야기를 하고 있는 거요?”

“그래요, 그 사람이에요. 그 사람이 다시 저를 차지했어요.”

클레어는 몸을 부들부들 떨면서 고개를 떨어뜨렸다.

테스가 다시 말했다.

“그 사람은 지금 위층에 있어요. 저는 지금 그를 증오해요. 제게 거짓말을 했으니까요. 당신이 영원히 돌아오지 않을 거라는 거짓말을! 그런데 당신이 이렇게 돌아왔으니! 당신이 이렇게 돌아왔는데 당신을 영영 맞을 수 없게 했으니!”

둘은 돌부처처럼 우두커니 서 있었다. 쓰라린 회한이 둘을 사로잡고 있었다. 이대로 그냥 현실로부터 도망가고 싶은 심정뿐이었다.

이윽고 클레어가 겨우 입을 열었다.

“아, 모두 내 잘못이오.”

하지만 말을 더 이을 수가 없었고 테스도 아무 말이 없었다. 그 어떤 말로도 지금 두 사람의 심정을 표현할 길이 없었기 때문이었다. 다만 클레어는 어렴풋이 의식하고 있었다. 그것은 테스가 지금 자기 눈앞에 보이고 있는 자신의 육체를 더 이상 자신의 것이라고 생각하지 않는다는 것, 마치 물결에 흔들리는 송장처럼 자신의 의지와는 떨어진 채 그냥 흘러가는 대로 맡기고 있다는 생각, 바로 그것이었다.

얼마 지나고 문득 정신을 차리고 보니 테스는 이미 그 자리에 없었다. 그는 힘없이 밖으로 나와 아무 생각도 없이 거리를 헤매고 있었다.

제2장

여관으로 돌아온 엔젤은 멍하니 허공만 쳐다보며 앉아 있었다. 그는 아침을 먹는 둥 마는 둥 하고는 여관비를 치르고 밖으로 나왔다. 클레어는 여관을 떠나면서 한 통의 전보를 받았다. 어머니가 보낸 짤막한 전보로서, 주소를 알려주어서 다행이라는 사연과 함께, 작은형 카스버트가 머시 챈트에게 청혼하여 응낙을 받았다는 내용이었다.

그는 정거장으로 갔다. 기차는 한 시간 후 출발 예정이었다. 그는 한시라도 빨리 이곳을 벗어나고 싶었다. 그는 다음 정거장까지 걸어가서 그곳에서 기차를 잡아타리라 생각하고 발걸음을 옮겼다.

그는 큰길을 벗어나 골짜기에 난 내리막길을 걷고 있었다.

이윽고 내리막이 끝나고 오르막길에 접어들었을 때, 그는 무심코 뒤를 돌아다보았다. 이유도 모르는 채 그냥 그래야만 할 것 같아서였다. 그런데 저 멀리 가물가물해지는 길 위에 무언가 움직이는 것이 있었다.

자세히 보니 사람이 달려오고 있는 모습이었다. 클레어는 누군가가 자신을 급히 쫓아오는 것이라고 생각하고 걸음을 멈추었다. 그 사람이 가까이 오자 클레어는 깜짝 놀랐다. 그 사람은 다름 아닌 바로 테스였던 것이다.

"멀리서 당신을 볼 수 있었어요. 정거장에서 발걸음을 돌리시는 모습을……. 그래서 이렇게 당신을 쫓아온 거예요."

테스는 얼굴이 파랗게 질린 채 사시나무처럼 몸을 떨고 있었다. 그는 한 마디도 묻지 않고 그녀의 손을 자신의 겨드랑이에 끼고 계속 길을 걸어갔다. 혹시 길 가는 사람이라도 마주칠 것이 두려워 그는 나뭇가지가 무성한 숲으로 들어가 그녀를 이상하다는 듯 바라보았다.

그녀가 떨리는 목소리로 말했다.

"엔젤, 제가 왜 당신을 따라왔는지 아세요? 제가 그를 죽였다는 걸 알려드리기 위해서예요."

"뭐야?"

제7부 완수

233

클레어는 테스가 실성한 것이나 아닌가 하는 눈으로 그녀를 바라보았다.

"그래요, 제가 기어이 해치우고 말았어요. 어떻게 그랬는지 는 지금도 잘 모르겠어요. 그 사람에게 당신이 돌아왔다고 말했어요. 당신이 영원히 돌아오지 않는다고 거짓말했다고 제가 막 뭐라고 그랬어요. 그리고 이번에야말로 당신이 영영 가버렸다고, 이번에도 또 그 사람 때문에 당신을 잃게 되었다고 소리를 질렀어요. 그랬더니 그 사람이 제게 막 화를 냈고 당신에게도 막 욕을 퍼부었어요. 저는 어떻게 했는지도 모르겠어요. 다만…… 다만…… 너무 화가 났고…… 그 사람이 피를 흘리면서 쓰러졌고……."

테스는 계속 몸을 떨면서 눈물을 흘렸다. 하지만 눈에서는 그 무언가 모를 빛이 반짝이고 있었다. 그녀가 계속 말을 했다.

"그래요, 그 사람은 공연히 우리들 사이에 나타나서 우리를 망쳐버렸어요. 하지만 이제는 더 이상 그 짓을 못하게 되어버렸어요. 아아, 엔젤, 왜 제 곁을 떠나셨던 거예요. 하지만 저는 당신을 원망하지 않아요. 비록 그 사람 때문이긴 하지만 제가 죄를 지었으니까요. 하지만 이제 그가 없어졌으니 제 죄를 용서해주시겠지요? 당신이 저를 용서해주리라는 생각에 정신없이 당신을 뒤쫓아 온 거예요. 당신을 되찾고 싶었어요. 저는 당신 없인 정말 견디기 어려웠어요. 아아, 당신의 사랑을 받지 못하는 게 얼마나 괴로운 일인지 당신은 아시나요? 엔젤, 절 사랑한다고 한 마디만 해주세요. 어서 절 사랑한다고 말해주세요. 당신의 사랑을 얻기 위해 그를 죽였잖아요."

"오오, 테스, 사랑해! 정말 사랑하고 말고! 그래, 이제 모든 게 그전처럼 된 거야!"

클레어는 테스를 힘껏 껴안았다. 테스는 자기가 얼마나 엄청난 짓을 저질렀는지도 모르는 것 같았다. 그 얼굴에는 만족의 표정까지 떠올라 있었다. 클레어는 테스가 의식이 거의 없는 가운데 그런 일을 저질렀음을 잘 알 수 있었다. 그리고 그의 눈앞에는 자기가 보호자가 되어줄 것임을 조금도 의심하지 않는 한 여자, 사랑하는 여자가 있었다.

그는 테스에게 입을 맞추며 말했다.

"테스, 난 이제 당신을 절대로 잃지 않을 거야. 내 온 힘을 다해 당신을 지켜줄 테야. 당신이 과거에 무슨 짓을 했건 아무 상관없어!"

둘은 큰길을 피해 인기척 없는 오솔길을 택해 빠르게 길을 걸었다. 하지만 둘은 교묘히 몸을 숨기기 위해 치밀한 계획 같은 건 세우지 않았다. 마치 철없는 두 어린아이처럼 그저 문득 떠오르는 대로 행동했을 따름이었다. 어찌 보면 이 세상에 단 둘만 존재하는 것 같은 그런 행복에 젖어 있는 것 같기도 했다.

점심때쯤이 되자 클레어는 테스를 나무 덤불에 남겨두고 혼자 음식을 구하러 갔다. 테스의 옷차림이 남들의 주목을 받기 쉬웠기 때문이었다. 그는 이틀 정도는 요기하기에 충분한 음식과 포도주 두 병을 가지고 돌아왔다. 둘은 나무 등걸에 앉아 정겹게 식사를 했다. 그리고 마냥 행복해했다.

클레어가 말했다.

"아무래도 시골 깊숙이 들어가는 게 좋을 것 같아. 거기서 꽤 오래 지내다가 이 일이 좀 잠잠해지면 해외로 나가면 돼."

테스는 아무 말 없이 사내의 손을 꼭 쥐었을 뿐이었다. 둘은 그렇게 손을 잡고 한적한 시골을 향해 길을 걸었다. 그날 둘은 약 30킬로미터를 걸었다. 그들은 다행히 세를 놓기 위해 비워놓은 집을 발견하고 열려 있는 들창문을 통해 안으로 들어갔다. 그들은 그곳에서 이틀을 머물렀다.

하지만 그 집에 언제까지 머물 수는 없었다. 곧 집을 보러 사람들이 올지도 몰랐고 집주인이나 집을 지키는 사람이 나타날지도 몰랐다. 클레어가 이제 그만 다른 곳으로 가봐야 한다고 하자 테스가 말했다.

"제 목숨은 이제 앞으로 몇 주일도 안 남았을 거예요. 그냥 여기서 행복하게 지내면 안 돼요?"

"그런 소리 말아요, 테스! 곧 이 고장을 빠져나가게 될 거야. 계속 북쪽으로 가다보면 우리를 찾아내려는 사람도 없을 거야. 그쪽 항구에서 이 나라를 벗어나면 되는 거야."

둘은 북쪽을 향해 하염없이 걸었다. 낮에는 숲속에서 쉬다가 주로 밤에 걸었고, 테스가 쉬는 동안 클레어가 음식물을 구해 왔다.

그렇게 한참을 걸었을 때, 바람이 거세게 불어오는 넓은 들판이 나타났다. 어둠 속을 더듬어 길을 걷다가 클레어는 무언가 눈앞에 건물 같은 것이 우뚝 서 있는 것을 발견했다. 하마터면 부딪힐 뻔했다. 그가 손으로 더듬어보니 거대한 돌기둥이었다. 주위를 살펴보니 돌기둥은 그것 하나뿐이 아니었다. 여기저기 사방에 돌기둥들이 솟아 있었다.

'이게 뭐지?' 궁금해하며 엔젤은 돌기둥들 사이를 걸어갔다. 그들은 완전히 돌기둥들의 숲에 들어와 있었다. 둘은 그 돌 숲을 헤치며 그 한복판에 다다랐다.

그제야 클레어가 알았다는 듯 고개를 끄덕이며 말했다.

제7부 완수

237

"그래, 스톤헨지가 틀림없어. 그렇다면 여긴 솔즈베리 근처네."

"아, 이교도들의 전당 말씀이군요. 까마득한 옛날에 세워졌다는……."

"맞아. 여기서는 남들 눈에 띄기 쉬우니 좀 더 갑시다."

그러자 테스가 조용하게 말했다.

"그런데 저는 왜 고향에 돌아온 기분이지요? 여기가 마음에 들어요. 얼마나 장엄하고 조용해요. 머리 위로 하늘만이 보이고, 이 세상에 우리 둘밖에 없는 것 같아요."

클레어는 날이 밝아지기 직전에 장소를 옮기기로 작정하고 테스 옆에 앉았다.

그녀가 조용히 그에게 말했다.

"아아, 이런 곳에 단둘이 있으니 정말 좋아요. 당신을 '여보'라고 부를 수도 있고……. 여보, 제가 부탁이 하나 있어요. 들어주실 거지요?"

"무슨 부탁? 당신 부탁이라면 내가 무엇이든 못 들어줄까?"

"그렇다면 말씀드릴게요. 여보, 제가 죽으면 제 생각을 해서라도 제 동생 리자 루를 돌봐주세요. 걔는 정말 참하고 얌전한 숙녀예요. 귀여운 데다 점점 예뻐져요. 저보다 더 예쁠지도 몰라요. 제가 죽거든 그 애랑 결혼해주시겠어요?"

"그런 소리 마오. 당신이 죽으면 난 세상을 다 잃은 것과 마찬가지야. 게다가 리자 루는 내 처제가 아니오?"

"마롯 마을에서는 처제와 곧잘 결혼하던데요. 그래주셔야 저승에 가서도 제 마음이 편할 거예요. 당신 마음 내키는 대로 그 애를 이끌고 키워주시면 얼마나 좋을까! 그 애는 제가 지닌 허물은 하나도 없고 제 장점만 가진 애예요. 이제 제가 할 말은 끝났어요. 두 번 다시 이 이야기는 꺼내지 않겠어요."

잠시 후 테스는 엔젤의 손을 꼭 잡고 잠이 들었다.

그날 테스는 그곳에서 경찰에 체포되었다. 잠에서 깨어 경찰들을 본 순간 테스가 클레어에게 이렇게 말했음을 덧붙인다.

"절 잡으러 온 거지요? 여보, 전 오히려 기뻐요. 이렇게 행복한 순간에 잡혔으니……. 이런 행복은 오래 갈 수 없잖아요. 정말 마음껏 행복을 누린 셈이에요. 계속 살아가면서 당신에게 사랑을 받지 못할까봐 걱정할 필요도 없잖아요."

말을 마친 후 그녀는 경찰들 앞으로 걸어가 조용히 두 손을 내밀었다.

제3장

7월의 어느 화창한 날 아침이었다.

전에 웨섹스의 수도였던 아름다운 옛 도시 윈턴세스터시에서는 곧 있을 장날을 맞이하느라 이곳저곳에서 대청소를 하고 있었다. 그 도시 서쪽 문으로부터 폭이 넓은 비탈길이 길게 쭉 뻗어 있었다.

그 가파른 비탈길을 두 남녀가 손을 잡고 숨을 헐떡이며 오르고 있었다. 둘 다 무슨 깊은 생각에 잠겨 있는 듯했다. 둘은 높은 담장이 둘러쳐진 건물의 조그만 문에서 방금 전에 나온 길이었다. 둘은 사람들의 눈길을 피하는 것 같았다.

남자는 엔젤 클레어였고 여자는 소녀티와 처녀티가 뒤섞인 리자 루였다. 그녀는 테스보다 가냘픈 편이었지만 그녀 못지않게 눈매가 고왔으며, 마치 테스를 정화시킨 것과 같은 모습이었다.

그들이 언덕 꼭대기에 이르렀을 때 시계가 8시를 쳤다. 두 사람은 그 소리에 소스라치게 놀라더니 도로 표지판 앞에 서서 무언가를 기다리는 듯 아래를 내려다보았다. 그들이 바라보고 있는 것은 우뚝 솟은 붉은 벽돌집으로서 그들은 방금 그곳에서 나온 참이었다.

그 건물 꼭대기에는 팔각형의 평평한 탑이 볼품없이 솟아 있었으며 그 위에 깃대가 세워져 있었다. 그들의 눈길은 그 깃대로 향했다. 시계가 8시를 친 지 몇 분 후에 무언가 깃대 꼭대기를 향해 꼬물꼬물 기어오르는 것 같더니 이윽고 바람에 펄럭였다. 사형이 집행되었음을 알리는 검은 깃발이었다.

드디어 심판은 끝났다. 신들, 그리스 비극 작가 아이스킬로스의 말대로 '이 세상을 거느리는 자들'이 마침내 테스라는 한 인간에 대한 희롱을 마친 것이다. 그러나 더버빌가의 옛 조상들은 무덤 속에서 잠자코 있을 뿐이었다.

말없이 깃발을 바라보고 있던 두 사람은 마치 기도라도 드리는 양, 거의 쓰러진 모습으로 한동안 꼼짝도 않고 있었다. 검정 깃발만 바람결에 나부끼고 있었다.

제7부 완수

241

이윽고 기운을 차린 두 사람은 겨우 일어서더니 다시 손을
맞잡고 그곳을 떠났다.

『테스』를 찾아서

　토머스 하디(Thomas Hardy, 1840~1928)의 『테스』의 원제는 『더버빌가의 테스(Tess of the d'Urbervilles)』이고 '순결한 여인'이란 부제가 달려 있다.

　이 소설의 주인공 테스는 결혼하기 전에 아이를 낳은 미혼모다. 게다가 나중에 살인까지 저지르고 사형에 처해진 범죄자이기도 하다. 그녀는 도덕적으로도 죄를 지었으며 법적, 사회적으로도 죄를 지은 여자다. 그런데 저자는 부제를 통해 그녀를 순결한 여인이라고 말한다.

　도덕적으로나 사회적으로나 분명히 죄를 지은 그녀를, 저자는 왜 순결한 여인이라고 한 것일까? 무슨 강변인가? 혹시 그녀가 지은 죄가 그녀만의 잘못이 아니기 때문일까? 사회적 인습이나 편견이 그녀를 죄를 짓게 만들었기 때문일까?

하지만 그 모든 것이 사실이라 할지라도 그녀에게 '순결한 여인'이라는 호칭을 붙일 수는 없다. 순결한 여인이란 무엇인가? 말 그대로 죄를 짓지 않고 깨끗한 여인이라는 뜻이다. 테스는 어쩔 수 없이 죄를 지은 여인이 아니라, 애당초 죄를 지은 여자가 아니라는 뜻이다.

분명히 죄를 지은 여인인데 죄인이 아니라니? 그렇다면 결론은 딱 하나다. 그녀를 죄인으로 보는 우리의 눈이 애당초 틀렸다는 것이다.

여기서 성경의 일화가 우리에게 떠오른다. 간음한 여인에게 돌을 던지는 군중들을 향해, 너희들 중 마음속으로 간음을 저지르지 않은 자가 있으면 돌을 던지라고 예수가 말씀하신 성경의 일화다. 예수는 간음한 여인을 향해 돌을 던지는 사람들에게, '너희들도 모두 죄인이면서 어찌 그녀를 죄인이라 벌할 수 있단 말인가?'라고 꾸짖는다.

하지만 『테스』는 성서의 일화와는 다른 이야기를 우리에게 하고 있다. 성서의 일화에서는 간음을 저지른 여인이나 그녀에게 돌을 던지는 사람들이나 모두 죄인이다. 하지만 『테스』에서의 테스는 죄인이 아니다. 그녀는 순결하다. 그녀는 동정이나 연

민의 대상이 아니라 우리가 본받아야 할 깨끗한 여인이다. 하디
는 『테스』에 '순결한 여인'이라는 부제를 달면서, 당신도 테스처
럼 순결하게 살 수 있는가? 라고 묻고 있는 것 같다. 우리에게
이 소설을 전혀 다른 눈으로 보기를 권하고 있는 셈이다.

저자를 따라서 한번 그렇게 읽어보자.

테스라는 캐릭터에 초점을 맞추어 읽으면 우선 눈에 띄는 것
은 그녀의 책임감이다. 그녀가 알렉 더버빌의 마수에 걸린 것
도 어려움에 처한 집안을 구하겠다는 책임감에서 비롯된 것이
다. 그녀는 몰락해가는 농촌 가정의 장녀로서 무능하기 짝이
없는 아버지와 달리 책임감이 강하며, 어린아이 같은 어머니를
대신해 어린 동생이 여섯이나 되는 어려운 가계 살림을 도맡아
책임진다.

그뿐인가? 그녀는 삶을 향한 강한 의지도 지니고 있다. 절망
의 한가운데서도 언제나 그녀는 다시 일자리를 구하고 항상 부
지런히 일을 한다. 힘든 노동을 견뎌내면서 '집안을 지키는 수
호신' 노릇도 하고, 그러면서도 꿋꿋이 자존심을 지킨다. 그런
관점으로 이 소설을 읽으면 우리는 도처에서 그녀의 모습에 감
동하고 혀를 내두르게 된다.

그뿐인가? 그녀는 위대하기조차 하다. 그녀는 죽어가는 자기

아이에게 목사를 대신해 세례를 주기까지 한다. 목사만이 할 수 있는 일을 미혼모의 신분으로 행하는 것이다. 그런 그녀에게서 몰래 아이를 낳아 기르며 죄의식에 찌들어 있는 죄인의 모습은 조금도 찾아볼 수 없다. 오히려 당당하게 위엄이 넘친다.

그뿐인가? 그녀는 여러 번 죽음을 경험하고도 그 모든 생활력, 책임감, 자존심을 잃지 않는다. 여러 번 죽음을 경험하다니? 사람은 한 번 죽지 않는가? 물론이다. 그러나 소설 속에서 테스는 모두 세 번 죽는다. 첫 번째는 알렉에게 순결을 빼앗겼을 때. 두 번째는 엔젤에게 알렉과의 일들을 고백한 뒤 결별을 선언당했을 때. 세 번째는 알렉을 살해한 뒤 형장의 이슬로 사라졌을 때. 물론 처음 두 번의 죽음은 상징적 죽음이다. 하지만 그 세 번의 죽음은 모두 그녀를 다시 태어나게 할 뿐 그녀의 본질을 완전히 파괴해버리지는 않는다.

그렇다면 본질이 무엇인가? 바로 자연이다. 테스는 자연과 하나다. 테스가 엔젤에게 해주는 말을 한번 들어보라.

"제게는 나무들, 시냇물들이 서로를 바라보며 이야기를 나누고 있는 것 같아요. 나무들은 뭔가 묻는 것 같은 눈초리를 하고 있고 시냇물은 그 나무에 대해 '너희들 왜

그런 눈초리로 나를 괴롭히니?'라고 말하는 것 같아요. 우습죠?"(96쪽)

그녀는 톨버세이즈의 낙농장에서 일을 하면서 지극히 행복해한다. 그리고 그곳에서 지내는 사람들도 모두 아늑하고 평온함을 느낀다. 마치 자연의 품에 안겨 지내는 것 같다. 지나치게 풍족한 사람들처럼 체면 때문에 자연스러운 감정을 억누를 필요가 없기 때문이다. 그곳에서는 모든 것이 자연스럽다. 그리고 그 안에서 테스는 한없이 행복하다.

테스는 지금처럼 행복한 때가 없었다. 그녀는 앞으로 두 번 다시 지금처럼 행복할 때는 찾아오지 않을 것처럼 느꼈다. 무엇보다 그녀가 이 새로운 환경에 육체적으로나 정신적으로나 알맞았기 때문이었다. 애초에 척박한 땅에 뿌리를 내렸던 어린 나무가 비옥한 땅으로 옮겨 심어진 것과 같았다. (98쪽)

그녀가 세속적인 관점에서 죄인이 된 것은 자연의 딸인 그녀가 살아가기 힘든 척박한 땅에 뿌리를 내렸기 때문이다. 그 척박한 환경이 바로 온갖 인습과 편견들이다. 그런 인습과 편견으로 보면 그녀는 죄인이지만 자연의 눈으로 보면 그녀는 지극히 건강하고 순수하다.

그런 의미에서 하디는 이 소설을 통해 우리에게 이렇게 묻고 있는 것 같다.

"당신도 그녀처럼 그렇게 세 번이나 죽음을 맞이하고도 테스처럼 순결을 지킬 수 있는가?"

물론 여기서 순결은 도덕적이거나 사회적인 순결이 아니다. 정신적인 순결이다. 그것은 테스가 실질적으로 죽었을 때도 마찬가지다. 그녀가 여전히 테스인 채로 죽었기 때문에, 그 순결성을 지니고 죽었기 때문에, 여전히 우리에게 살아 있는 존재가 된다.

그녀는 그렇게 살아남아 우리에게 자문하게 만든다. 과연 우리는 테스처럼 순결하게 살 수 있는가? 인위적인 인습과 편견에서 벗어나 자연에 가까이 갈 수 있는가? 또한 그녀가 겪은 역경들을 맞아서도 그녀처럼 꿋꿋하게 자존심을 지키며 살 수 있는가?

그렇다, 테스는 소설 속에서 물리적으로 완전히 죽는다. 인위적으로는 죽었다. 그러나 살아남았다. 무엇이? 그녀의 순결이……. 정신의 순결이, 영혼의 순결이, 그 순결한 여인이 여러분의 가슴을 두드리지 않는가? 그녀가 흡사 자기 안에 들어와 살아 있는 듯 느껴지지 않는가?

그렇게 당신의 마음속에서 테스의 숨결을 느꼈다면 이렇게 생각해도 된다. 당신은 그만큼 그녀의 순결에 가까이 간 것이라고……. 당신이 그만큼, 조금이나마 순수해진 것이라고…….

하디는 1840년 영국 도싯주의 어퍼보컴프턴에서 석공의 아들로 태어났다. 초등학교 때부터 글쓰기에 재능이 있어 마을 처녀들 연애편지를 대필해주기도 했던 그는 16세가 되었을 때 그 지역 석공의 도제로 들어가, 건축 기사의 길로 들어섰다.

1862년 그는 런던으로 와서 건축기사가 되었고 여가를 이용해 소설을 쓰기 시작하면서 명성을 얻기 시작했다.

1874년 결혼해서 고향으로 돌아간 그는 손수 지은 저택에 살면서 작품 집필에만 몰두했다. 그가 남긴 대표작들로는 『테스』(1891)외에 『귀향(The Return of the Native)』(1878), 『캐스터브리지의 시장(The Mayor of Casterbridge)』(1886), 『미천한 사람 주드(Jude the Obscure)』(1895) 등이 있고, 그 밖에도 수많은 장·단편소설을 남겼다.

그의 소설들은 발표될 때마다 당시 사회 주류 지도층으로부터 맹렬한 비난을 받았다. 영국 사회의 인습과 편협한 종교적 도그마를 노골적으로 비판했으며 남녀 간의 육체적 사랑이 작품 내용에 담겨 있었기 때문이었다. 우리가 읽은『테스』만 하더라도 당대에 엄청난 파문을 일으켰다. 두 사나이에게 몸을 허락하고 그중 한 사나이를 살해한 여자를 주인공으로 삼은 소설이라니! 당대 윤리관으로 보면 도저히 용납할 수 없는 것이었다. 하지만 이 소설은 출간된 지 3년 만에 프랑스어, 독일어, 러시아어, 이탈리아어, 네덜란드어로 번역 출간되었고 특히 러시아에서 큰 호평을 받았다. 그리고 곧 미국 브로드웨이에 오르기도 했고 잇따라 영화로 만들어지기도 했다. 로만 폴란스키 감독이 1979년에 메가폰을 들었던 영화가 그중 작품성에서도 뛰어나고 가장 유명하다.

그는『미천한 사람 주드』를 끝으로 소설 집필은 단념하고 극작에 몰두해, 나폴레옹 시대를 무대로 그의 전 생애의 사상을 몽땅 집약한 장편 대서사시극(大敍事詩劇)『패왕(覇王, The Dynasts)』(3부작, 1903~1908)을 발표했다.

1910년 메리크 훈장을 받았으며 1912년 상처하고, 2년 후 조수로 있던 여성과 재혼했으며 만년에는 자타가 공인하는 영국 문단의 원로로 군림했다. 그의 유해는 웨스트민스터 사원의 '시인 코너'에 묻혔는데, 그의 심장만은 고인의 유지에 따라 고향에 있는 부인의 무덤 옆에 묻혔다.

테스

생각하는 힘: 진형준 교수의 세계문학컬렉션 65

펴낸날	초판 1쇄 2021년 8월 30일

지은이	토머스 하디
옮긴이	진형준
펴낸이	심만수
펴낸곳	(주)살림출판사
출판등록	1989년 11월 1일 제9-210호

주소	경기도 파주시 광인사길 30
전화	031-955-1350 팩스 031-624-1356
홈페이지	http://www.sallimbooks.com
이메일	book@sallimbooks.com

ISBN	978-89-522-4304-1 04800
	978-89-522-3984-6 04800 (세트)